JN495982

릴케 후기 시집

릴케 후기 시집

R. M. 릴케
송영택 옮김

문예출판사

차 례

새 시집

Neue Gedichte

초기의 아폴로

Früher Apollo

아직 잎이 없는 나뭇가지 사이로
어느새 완연히 봄이 된 아침이 가끔 들여다보는 것처럼
모든 시詩의 광채가 우리를 거의 쓰러뜨릴 만큼 와 닿는데
그것을 막아줄 수 있는 것이

그의 머리에는 하나도 없다.
왜냐하면 그의 눈에는 아직 그늘이 없고,
그의 관자놀이는 월계관을 쓰기에는 아직도 너무 차갑다.
그리고 그의 눈썹 위에 장미꽃들이 높이 자라나서

풀려난 꽃잎이 한 잎 두 잎
떨고 있는 그의 입으로 떨어지는 것은
나중에야 비로소 있을 일이다.

한 번도 사용된 적이 없는 그 입은 아직도 조용하고,
반짝거리면서 미소와 함께 무엇인가 들이마시고만 있다,
마치 그의 속으로 그의 노래를 흘려 넣는 것같이.

페르디낭 호들러, 〈꽃이 활짝 핀 사과나무〉(1890)

소녀의 한탄

Mädchen-Klage

우리 모두가 아직도 어린아이였던 시절
혼자 오래 있고 싶다는 생각은
온순한 것이었다.
다른 사람들은 다투는 사이에 시간이 지나갔다.
그리고 누구에게나 자신만의 구석이 있고,
자신만의 가까운 것, 먼 것이 있고,
하나의 길, 한 마리의 짐승, 한 폭의 그림이 있었다.

그리고 나는 생각하고 있었다,
인생은 언제든지
자신만의 생각에 깊이 잠길 수 있게 해줄 것이라고.
나는 나 자신 속에서만 가장 커다란 것 속에 있는 것이 아닐까.
나 자신의 것이 이제는 어린아이 때처럼
나를 위로하고 이해하려 하지 않는 것이 아닐까.

갑자기 나는 쫓겨난 것 같은 신세가 된다.
그리고 이 고독이 나에게는
과도하게 큰 것이 되어간다.
내 가슴의 두 언덕 위에 서서
나의 감정이 퍼덕이는 날개든가
아니면 어떤 종말을 원하면서 크게 소리칠 때.

사랑의 노래

Liebeslied

나의 마음을 당신의 마음에 닿지 않게 하려면
내 마음을 어떻게 유지해야 되겠습니까. 당신 너머 저쪽의
다른 사물들에게 어떻게 내 마음을 닿게 해야 하겠습니까.
아, 나는 내 마음을 어딘가 어둠 속의
무슨 잃어버린 것 뒤에 간수해두고 싶습니다.
당신의 깊숙한 곳이 흔들려도
덩달아서 흔들리지 않는 어딘가 낯설고 으슥한 곳에.
그렇지만 우리에게 닿는 모든 것은
우리를, 당신과 나를 하나로 묶어버립니다,
두 현에서 하나의 소리를 끌어내는 바이올린의 활같이.
우리는 어떤 악기에 매여 있는 현입니까.
어떤 연주자가 우리를 켜고 있습니까.
아, 감미로운 노래.

어느 어린 소녀의 묘비

Grabmal eines jungen Mädchens

우리는 아직도 기억하고 있다.
이 모든 것이 다시 한번 되돌아와야 하는 것 같다.
레몬 해변의 한 그루 나무처럼
너는 작고 가벼운 유방을
술렁거리는 그의 핏속에 내밀고 있었다,

—저 신神의.
그것은 자늑자늑한 도망자,
여인들을 어하는 자였다.
달콤하고 타오르듯이, 그리고 너의 생각처럼 따뜻하게
너의 앳된 옆구리는 그늘을 던지며
너의 눈썹처럼 구부리고 있었다.

공물 供物

Opfer

아, 너를 알고 난 후로
나의 육체는 온 혈관에서 더욱 향기롭게 피어나온다.
나의 걸음걸이는 더욱 자늑자늑하고, 더욱 꼿꼿하다.
그러나 너는 기다리고만 있다—.
너는 대체 누구인가.

나는 내가 나에게서 멀어져 가는 것을 느끼고 있다.
낡은 것을 하나하나 버리고 가는 것을.
다만 너의 미소만이 맑은 하늘의 별처럼
너의 머리 위에서, 그리고 나의 머리 위에서도 반짝이고 있다.

아득한 나의 어린 시절에서
지금도 이름 없이 물처럼 반짝이고 있는 모든 것을
너의 이름으로 제단에 부르고 싶다.

너의 머리카락으로 불이 켜지고

너의 젖가슴으로 산뜻하게 화환처럼 장식된 제단에.

시인詩人

Der Dichter

나에게서 멀어져가는 너, 시간이여.
네가 날개를 치면 나에게 상처를 입힌다.
그렇더라도 나는 나의 입으로 어떻게 해야 하나.
나의 밤으로. 나의 낮으로.

나는 연인도 없고, 집도 없고,
내가 살 장소도 없다.
내가 나를 내주면
모든 것은 풍요로워져서 나를 소홀히 한다.

알프레드 시슬레, 〈빌뇌브 라 가렌느의 거리〉(1872)

시인詩人의 죽음

Der Tod des Dichters

그는 누워 있었다. 떠받친 그의 얼굴은 창백하고,
높은 베개 위에서 모든 것을 거부하고 있었다.
이때 이후, 세계와 세계에 대한 그 앎이
그의 감각으로부터 찢겨 나가서
냉담한 세월로 다시 돌아가고 말았다.

생시의 그를 본 사람도
그가 이 모두와 어떻게 하나가 되어 있었는지 몰랐다.
왜냐하면 이 골짜기, 이 초원, 이 호수가
모두 그의 얼굴이었기 때문이다.

아, 그의 얼굴은 이들 모두의 넓은 세계였다.
그것은 지금도 그에게로 오려 하고, 그를 찾고 있다.
그러나 지금 두려워하며 죽어가는 그의 마스크는
공기에 닿아 썩어가는 과일 속처럼
노긋노긋하고 벌어져 있다.

붓다

Buddha

그는 귀여겨듣고 있는 것 같았다. 고요를, 먼 세계를……
우리는 걸음을 멈추지만 그것을 들을 수는 없다.
그는 별이다. 그리고 우리에게 보이지 않는
다른 커다란 별들이 그를 둘러싸고 있다.

오, 그는 모든 것이다. 진실로 우리는 기다리고 있을까,
그가 우리를 보는 것을. 그에게 그럴 필요가 있을까.
우리가 지금 그의 발밑에 몸을 내던지더라도
그는 깊숙이 몸을 사리고 짐승처럼 느긋할 것이다.

우리를 그의 발밑에 엎드리게 하는 것이
수백만 년 전부터 그의 내부에서 맴돌고 있는 것이다.
그는 우리가 경험한 것을 잊어버리고,
우리를 거부한 것을 경험하고 있다.

시체 공시장

Morgue

그들은 마치 지금이라도
무슨 방도를 찾아내겠다는 자세로 여기 누워 있다.
그들을 서로 뭉치게 하고,
이 추위와도 어우러지게 할 수 있는 방도를.

모든 것이 아직 끝나지 않은 것 같기 때문이다.
도대체 그들의 호주머니에서 어떤 이름을 찾아낼 수 있다는 것인가.
그들의 입언저리에 떠도는 권태로운 표정을
사람들은 씻어내려고 했다.

그러나 지워지지 않았다. 더없이 맑아졌을 뿐이다.
그들의 수염은 그새 조금 더 빳빳해졌는데.
다만 호기심 많은 사람들이 혐오감을 느끼지 않도록 하기 위해

경비원들의 취향에 맞추어 반듯하게 다듬어놓은 것이다.

그러나 그들의 두 눈은 눈꺼풀 밑에서 반대쪽으로 방향을 바꾸고,

지금은 내부를 가만히 들여다보고 있다.

프레드릭 에드윈 처치, 〈대혼란 속으로 들어가는 타락 천사〉(1841)

천사

Der Engel

이마를 약간 숙인 채 그는
제한하는 것, 의무 지우는 것을 단호히 거부하고 있다.
그의 가슴속에는, 선회하면서 영원히 다가오는 것이
커다랗게 우뚝 솟으며 오가고 있는 것이다.

깊디깊은 하늘이 그에게는 많은 모습으로 가득 차 있고,
그 하나하나가 그에게 소리치는 것 같다. 오라, 알아라,
라고—.
그의 가벼운 손에 무게가 있는 너의
어떠한 것도 맡겨서는 안 된다. 맡기게 되면

밤에 그들이 와서 격투로 너를 시험할 것이다.
그리고 성난 사람처럼 집 안을 돌아다니며,
마치 너를 다시 만들려는 듯이 너를 붙들어
너의 틀에서 너를 쫓아낼 것이다.

표범

Der Panther

파리, 식물원에서

지나가는 격자 때문에 지쳐버린 표범의 눈은
이제 아무것도 보이지 않는다.
그의 눈에는 수많은 격자가 있는 것 같고,
그 격자 뒤에는 세계가 사라지고 없는 것 같다.

더없이 작은 원을 그리며 돌고 있는
유연하고 늠름한 발로 자늑자늑하게 걷는 걸음새는
하나의 커다란 의지가 마비되어 서 있는
하나의 중심을 둘러싼 힘의 무용 같다.

다만 때때로 눈동자의 장막이 소리 없이 열리면
그때 하나의 형상이 들어가서
사지의 긴장된 정적 속을 지나
심장에서 문득 사라진다.

백조

Der Schwan

아직 실행되지 못한 것 속을 헤치며
무겁고 묶인 것 같은 발걸음으로 나아가는 이 고초는
백조가 땅 위를 걷는 어색한 걸음걸이와 흡사하다.

그리고 죽는다는 것,
우리가 매일 서 있는 발밑의 땅을 이제는 밟을 수 없다는 것,
그것은 백조가 물에 들어갈 때의 그 불안감과 같다.

그러나 물은 상냥하게 백조를 맞아들이고,
백조의 가슴 밑으로
기쁘고도 덧없이 세찬 물결이 연달아 뒤로 밀려간다.
그러나 백조는 더없이 조용히, 확실하게
점점 의젓하고 왕자다운 기품을 지니고
유유히 물 위를 미끄러져간다.

시인詩人에게 보내는 여인들의 노래

Gesang der Frauen an den Dichter

모든 것이 열리는 것을 보십시오. 저희들도 그렇습니다.
왜냐하면 저희들은 그런 행복 이외의 다른 것이 아니기 때문입니다.
짐승 속에서는 피요 어둠이었던 것,
그것이 저희들의 내부에서 영혼으로 성장하여

영혼으로서 계속 외치고 있습니다. 더구나 당신을 찾으며.
물론 당신은 그것을 그저 풍경인 양
온화하게 갈망도 없이 눈에 받아들일 뿐입니다.
그래서 저희들은 생각하는 것입니다. 저희들의 영혼이

외치며 찾고 있는 것은 당신이 아니라고.
그러나 저희들이 자신을 송두리째 바칠 수 있는 사람은 당신이 아닐까요.
그리고 저희들은 어떤 사람 속에서 더 클 수 있을까요.

영원한 것은 저희들과 함께 지나가버립니다.
그러나 저희들을 듣게 해주는 입, 당신은 있어야 합니다.
저희들을 이야기해주는 사람, 당신은 있어야 합니다.

여자의 운명

Ein Frauenschicksal

임금이 사냥 길에 갈증을 풀려고
아무거나 잔 하나를 집어들 듯이,
그리고 나중에 그 잔의 임자가 그것을 치우고,
별것 아닌 듯이 그것을 간직하듯이,

그렇듯이 운명도 아마 목이 말라서
이따금 한 여인을 입에 대고 마셨던 것이다.
그 후 하나의 조촐한 인생이
그녀가 깨질까 두려워서 사용하지도 않고,

그의 여러 가지 귀중품을 보관하는,
(혹은 그렇게 여겨지는 것을 보관하는)
불안한 유리 진열장 안에 그녀를 넣어두었다.

그래서 그녀는 서름하게, 빌려온 물건처럼 거기 서서,

아무렇게나 늙고, 눈이 멀었다.

그리고 귀중하지도 진기하지도 않았다.

타나그라 인형*

Tanagra

위대한 태양이 구워낸 것 같은
애벌구이의 토기 상土器像.
한 소녀의 손놀림이
뜻밖에도
불멸의 것으로 남은 것인가.
자신의 감정에서 빠져나와
무엇을 잡으려고도,
무엇에 닿으려고도 하지 않는다.
어쩌다가 아래턱에 손이 닿듯이
자기 자신에게 닿을 뿐이다.

우리는 인형을 하나하나 집어 들고
그것을 돌려본다.

---

* 양질의 점토를 구워 채색한 작은 토기 상.

그러면 대충 이해할 수 있다,
이들 인형이 왜 불멸의 것으로 남았는가를—
그러나 우리는 오직
더 깊이 더 각별히
사라진 것에 애착을 가져야 하며,
그리고 미소 지어야 한다,
아마도 작년보다는 좀 더 밝은 미소를.

맹인盲人

Der Blinde

파리에서

보라, 그가 걸어가고 있다. 그는 도시를 자르고 있다.
그의 어둑한 지점에서 도시가 사라진다.
마치 하얀 찻잔에 한 줄기 까만 금이 가는 것 같다.
종이 거죽이 그렇듯이

갖가지 사물의 반사가 그에게 어려 있다. 그러나 그는
그것을 받아들이지 않는다.
다만 그의 감각만이 살아서
세계를 잔물결로 감싸고 있다.

정적, 저항—,
그는 기다리다가 누군가를 선택할 것 같다.
공손한 몸짓으로 그는 손을 내민다, 거의
청혼하는 것처럼 장중하게.

아실 고키, 〈소치의 낙원〉(1943)

죽음의 경험

Todes-Erfahrung

우리와 함께하지 않는, 이번에 거기 가는 일에 관해서
우리는 아는 바가 전혀 없다. 우리는
경탄과 사랑이나 미움을 죽음에게 보여줄
아무런 이유가 없다. 비극적인 슬픔을 가린
가면의 입이 그것을 기묘하게 일그러뜨리고 있는 것이다.
세상은 아직도 우리가 연기할 역할로 가득 차 있다.
우리가 관객의 반응에 신경 쓰는 동안에는
인기가 없는 죽음도 한 역할을 한다.

그러나 네가 떠나간 후, 네가 지나간 틈새기를 비집고
이 무대 위로 한 줄기의 진실이 흘러나왔다.
진실의 초록이 담긴 초록이,
진실의 햇빛이, 진실의 숲이.

우리는 연기를 계속한다. 불안하게 간신히 익힌 대사를

되뇌면서.
그리고 때때로 솟구치듯이 몸짓을 크게 하면서.
그러나 우리에게서 멀리 떨어진 너의 존재가,
우리들의 작품에서 밀려난 너의 존재가

때때로 우리를 엄습하리라,
마치 저 진실의 인식이 내려앉을 때처럼.
그런 사이에 우리는 갈채 같은 것은 생각지 않고
오로지 삶을 연기하는 것이다.

여름비가 내리기 전에

Vor dem Sommerregen

정원의 모든 초록에서
알 수 없는 어떤 것이 갑자기 제거된다.
비가 창문 가까이까지 다가와서
입을 다물고 있는 것을 느낄 수 있다. 다만 숲 속에서

비를 알리는 새가 절박하고 어기차게 우는 소리가 들린다.
히에로니무스*의 일을 다시 생각하게 한다.
이 하나의 소리에서 더없이 고독한 것,
열정적인 것이 적잖이 솟아나온다.

곧 쏟아질 비가 이 소리를 듣게 되리라. 걸려 있는 그림과 함께
큰 방의 벽이 모두 우리에게서 멀어져갔다,

* 가톨릭 성인으로 서방 교회 4대 교부 중 한 사람이다.

우리가 이야기하는 것을 들어서는 안 되는 것처럼.

빛이 바랜 벽지가
어렸을 때 무서웠던 오후의
그 불안정했던 빛을 반사하고 있다.

오렌지 온실의 계단

Die Treppe der Orangerie

베르사유

마침내 거의 목표도 없이 걷고,
다만 때때로 양쪽에 부복하고 있는 사람들에게
망토에 싸인 고독한 모습을
보이기만 하는 왕처럼

벌써 처음부터 부복하고 있는
양쪽 난간 사이로 혼자 계단을 올라간다.
신神의 은혜를 받아
천천히 다른 곳 아닌 하늘을 향해 간다.

마치 뒤따르는 모든 자에게 따르지 말라고 명령한 듯이—
그들은 멀리서도 감히 뒤따르려 하지 않고,
무겁게 끌리는 긴 옷자락을
어느 누구도 걷어올릴 수 없었다.

프레드릭 에드윈 처치, 〈어스름 지는 광활한 숲〉(1860)

붓다

Buddha

멀리서부터 벌써 주눅 든 타국의 순례자는
그의 몸에서 금빛 물방울이 떨어지는 것을 느낀다.
그것은 크게 뉘우친 부자들이
감추어두었던 재물을 쌓아올린 것 같았다.

그러나 가까이 다가가면 이 눈썹의 고귀함에
그는 어리둥절해진다.
그것은 그들의 술잔이나
그들의 여인들이 달고 있는 귀걸이가 아니었던 것이다.

누가 말할 수 있을까,
이 꽃받침 위에 이 좌상을 안치하기 위하여
어떤 것을 녹여 넣었는가를.

점점 더 침묵하고, 점점 더 평온해지는 황금빛 몸체로서

자기 자신에게 닿듯이

주위의 공간에도 닿고 있는 이 좌상을.

무당

Eine Sibylle

옛날에, 여러 시대 전에 그녀는 늙은 여자라 불렸다.
그러나 그녀는 변하지 않았고, 날마다 같은 길로 왔다.
그래서 사람들은 헤아리는 기준을 바꾸었다.
숲의 나이를 세듯이 그녀의 나이를

백 년 단위로 계산했다.
그러나 그녀는 날이 저물 때마다 같은 장소에 서 있었다.
높이, 공허하게, 속이 다 타버린
옛 성채처럼 까맣게.

모르는 사이에 제멋대로
그녀의 내부에서 늘어난 말들이
그녀 주위를 계속해서 돌며 소리치고 날아다녔다.
그리고 그새 벌써 다시 돌아온 말들이
그녀의 홍채 깊숙이 자리 잡고 앉아서
밤을 맞이할 채비를 끝내고 있었다.

이별

Abschied

이별이 어떤 것인지 나는 뼈저리게 느꼈다.
지금도 잘 알고 있다. 애매하고 상처 입지 않는 매정한 그것을.
그것은 아름답게 결합된 것을
디시 한번 보여주고, 내밀고, 그리고 찢어버린다.

나는 별수 없이 그저 지켜볼 뿐이었다,
나를 부르고는 나를 떠나게 하고, 뒤에 남은 것을.
그것은 모두가 여인인 듯했지만,
그저 작고 하얀 것,

이제는 나와 상관이 없는,
이제는 말로 거의 설명할 수 없는,
넌지시 흔들고 있는 하나의 손짓인지도 모르겠다—
그것은 아마도 뻐꾸기 한 마리가 급히 날아가버린 자두나무 아닐까.

바다의 노래

Lied vom Meer

카프리. 필콜라 마리나

바다에서 불어오는 태고의 바람,
밤에 부는 바닷바람이여,
너는 누군가를 향하여 불어오는 것은 아니다.
지금 잠자지 않고 있는 사람은
어떻게든
너를 견뎌나가지 않으면 안 되리라.
바다에서 불어오는 태고의 바람,
그것은 먼 저쪽에서
허허한 공간을 휘저으며
오직 오래된 바위를 위해서만 부는지도 모른다……
아, 벼랑 끝에서
달빛에 싸여 흔들리고 있는 무화과나무는
너를 어떻게 느끼고 있을까.

자매

Die Schwestern

보라, 두 사람이 같은 가능성을
서로 다르게 이해하고 받아들이는 것을.
두 개의 같은 방 안을
각각 다른 시간이 지나가는 것 같다.

두 사람은 지쳐서 서로 기대고 있지만
상대를 떠받치고 있다고 생각하고 있다.
같은 핏줄이지만
두 사람은 서로의 도움이 되지 못한다.

이전같이 상냥하게 마음을 터놓고
가로수 길을 걸으며
서로 이끌고 이끌리고 싶어도
아, 두 사람의 걸음새는 각기 다르다.

공원

Die Parke

왼쪽에서 오른쪽에서 들릴 듯 말 듯
가로수의 숨소리가 흘러온다.
무엇인지 알 수 없는 손짓을 따라
앞으로 나아가다가

너는 어느새
그늘진 수반과
그것을 둘러싼 네 개의 돌의자가
모여 있는 곳에 이른다.

거기서는 시간도 격리되어
혼자서 지나간다.
지금은 아무것도 없는
젖은 대좌를 올려다보며

너는 깊은 숨을 내쉬고
무엇인가 기다린다.
어둑어둑한 지주를 타고
후드득 떨어지는 은빛 물방울이

어느새 너를 동아리로 보고
계속 말을 건넨다.
주변의 돌들이 듣고 있어서
너는 꼼짝도 하지 못한다.

돈 후안의 선택

Don Juans Auswahl

그리하여 천사가 그에게 다가와서 말했다.
순순히 나를 따르라. 이것은 나의 명령이다.
더없이 달콤한 여인이라도
자기 옆에 있으면 쓰디쓰게 만들어버리는 축에 들지 않는
그런 남자가 나는 필요한 것이다.
물론 너도 그보다 잘 사랑할 수야 없을 것이다.
(내 말을 가로막지 마라. 너는 잘못 알고 있다.)
그러나 너는 뜨겁게 달아오르고 있다. 그리고 정해진 대로
너는 많은 여인을 고독으로,
이 깊은 입구를 가진 고독으로 이끌 것이다.
내가 너에게 보내는 여인을
그곳에 들어가게 하라.
언젠가 자라서 저 엘로이즈의 운명을 견뎌내고,
그녀의 목소리를 능가할 수 있도록.

에두아르 마네, 〈풀밭 위의 점심〉(1863)

사랑의 여인

Die Liebende

저것은 나의 창문이다.
방금 나는 가뿐히 잠에서 깨어났다.
나는 두둥실 떠 있는 것 같았다.
나의 삶은 어디까지 이르고,
밤은 어디서부터 시작되는 것일까.

주위의 것 모두가
아직도 나 자신 같은 생각이 든다.
수정의 깊은 속처럼 투명하고,
어슴푸레하고, 잠잠하다.

저 별들까지도
나의 내부로 끌어안을 수 있을 것 같다.
내 마음이 그만큼 크고,
그 사람을 기꺼이 풀어줄 수 있을 것 같다,

어쩌면 내가 사랑하기 시작하고
어쩌면 내가 붙잡아두기 시작한 그 사람을.
무어라고 말하기 어려운 서름한 눈초리로
나의 운명이 나를 빤히 쳐다보고 있다.

이런 끝없는 것 밑에
나는 왜 놓여 있을까.
초원처럼 향기에 싸여
이리저리 흔들리며,

부르면서 동시에 그 소리를
누가 들을까 두려워하며,
그리고 다른 한 사람 속에서
나 자신을 잃게 되어 있으면서.

장미의 내부

Das Rosen-Innere

이런 내부에 대한 외부가 어디에 있을까.
어떤 아픔에
그런 아마포를 갖다 댈까.
근심 없이
활짝 핀 이 장미의 내부 호수에
어떤 하늘이
비치고 있을까.
보라, 장미가 얼마나 탐스럽게
만발하여 있는가를.
떨리는 손으로도 그것을 지게 할 수 없으리라.
장미는 이제 자기 자신을 거의 지탱할 수 없다.
많은 꽃은
감당할 수 없이 불어나서
내부 공간으로부터 넘쳐 나와
바깥의 여름 나날로 흘러 들어간다,

그 나날이 점점 충만하여 빗장을 걸어
여름 전체가 하나의 방이,
꿈속의 방이 될 때까지.

해시계

Die Sonnenuhr

물방울이 서로서로 떨어지는 소리에 귀를 기울이고,
철새가 울기도 하는 정원의 나무 그늘에서
소나기처럼 떨어지는 눅눅한 낙엽이
해시계의 기둥까지 날려가는 일은 거의 없다.
마요라나와 고수에 묻혀서
해시계는 여름의 시간을 알리고 있다.

다만 (하인 하나를 거느린) 귀부인이
차양이 넓은 밝은 빛 밀짚모자를 쓴 채
그 가장자리에 몸을 굽히면
해시계는 그늘이 지고, 침묵해버린다—.

혹은 울렁거리는 높은 우듬지에서
여름철의 비가 쏟아질 때
해시계는 잠깐 동안 쉰다,

시간 알리는 법을 모르는 것이다.
그럴 때 하얀 정자 안의 과일과 꽃에서
갑자기 밝아오는 그런 시간을.

자장가

Schlaflied

언젠가 내가 너를 잃어도
너는 잠들 수 있을까.
보리수의 수관처럼 네 머리 위에서
다정히 속삭이는 내가 없어도.

여기 이렇게 잠자지 않고서
마치 눈꺼풀처럼 상냥한 말로
너의 가슴을, 팔과 다리를, 너의 입술을
지그시 눌러주는 내가 없어도.

멜리사나 아니스가
떼 지어 피어 있는 아름다운 정원같이
답답하게 너를 가두어두지 않고
네가 원하는 대로 너를 풀어놓더라도.

고독한 사람

Der Einsame

아니, 나의 마음이 하나의 탑이 되어야 하고,
나 자신은 그 가장자리에 서는 것이다.
여느 때는 아무것도 없는 곳에 다시 한번 고통과 말로 다 할 수 없는 것을,
그리고 다시 한번 세계를 있게 해야 한다.

어둡게 그늘지고 때로는 밝게 빛나는 거대한 것 속에서
여전히 홀로 돋보이는 것,
결코 머무르게 할 수 없는 것 속으로 떠밀린
마지막의, 동경에 젖은 얼굴,

자신의 내부의 무게를 받아들이는
돌로 형상한 막다른 얼굴,
그것이 소리 없이 자신을 파괴하는 광대한 것들을
점점 더 기쁨에 넘치게 한다.

붓다의 영광

Buddha in der Glorie

모든 중심의 중심, 핵의 핵.
몸을 가리고 감미롭게 익어가는 편도—,
가득한 별에 이르는 사이의 모든 것이
너의 과육이다. 칭송받을 지이다.

너는 느낀다, 이제는 너에게 매달리는 것이 없음을.
너의 외피는 무한 속에 있고,
거기에는 진한 과즙이 충만하다.
바깥에서 한 줄기 빛이 그것을 거들고 있다.

지극히 높은 곳에서 너의 태양들이
훨훨 타오르며 돌고 있는 것이다.
그러나 너의 내부에는 이미
태양을 능가하는 것이 시작되고 있다.

새 시집 이후의 시
(1906~1920)

Gedichte 1906~1920

마들렌 폰 브로글리 후작 부인에게

An die Frau Prinzessin Madeleine von Broglie

그래, 우리는 존재하고 있다. 하지만 하루하루가 덧없이
도망치듯 지나가는 것은 어린 양 떼의 경우와 같다.
초원에 날이 저물 때마다 돌아가기를 간절히 바라지만
누구도 우리를 몰아넣지 않는다.

우리는 밤이나 낮이나 줄곧 바깥에 남아 있다.
햇살은 우리를 쾌적하게 하고, 비는 우리를 놀라게 한다.
우리는 일어서고, 눕고,
약간 용기를 내고, 조금 겁을 먹기도 한다.

다만 때때로, 우리가 이처럼 고통스럽게 성숙하며
그래서 거의 죽어갈 때, 그때
우리가 이해할 수 없는 모든 것에서 하나의 얼굴이 생겨
나고
그것이 환한 표정으로 우리를 쳐다본다.

봄바람

Ein Frühlingswind

이 바람과 함께 운명이 불어온다. 아, 불어오게 하라,
모든 절박한 것, 눈이 먼 것,
우리를 뜨겁게 달아오르게 하는 것—모두를.
(그것이 우리를 찾아내도록 잠자코 움직이지 말아라.)
아, 우리들의 운명이 이 바람과 함께 불어온다.

이름 없는 것들을 지닌 채 비틀거리며
이 새로운 바람이 어디선가 바다를 건너
우리들 본래의 모습을 싣고 온다.

…그것이 우리들 모습이라면, 그러면 마음 편할 것이다.
(하늘이 우리들 내부에서 높아졌다가 다시 낮아진다.)
그러나 이 바람과 함께
운명은 되풀이하여 우리를 크게 뛰어넘어 간다.

장 밥티스트 카미유 코로, 〈돌풍〉(1865~1870)

미치광이와 죄수를 위한 기도

Gebet für die Irren und Sträflinge

너희들, 존재가
그 커다란 얼굴을 슬며시 돌려버린 자들이여,
아마도
한 사람의 존재하는 자가

바깥의 자유로운 세상에서 밤에
천천히 하나의 기도를 올릴 것이다,
너희에게서 시간이 빨리 지나가버리도록.
너희에게는 시간이 많기 때문이다.

혹시 너희에게 무슨 생각이 떠오른다면
부드럽게 머리카락을 감싸라.
모든 것은 없어져버린 것이다.
있었던 것 모두가.

너희들의 마음이 늙직해져도
언제까지나 잠자코 있어라.
그런 일이 있으리라고
어느 어머니도 눈치채지 못하도록.

하늘에 달이 떴다,
나뭇가지가 두 갈래로 갈라진 곳에.
마치 너희들이 거기 살고 있는 것처럼
달은 언제까지나 혼자다.

도시의 여름밤

Städtische Sommernacht

저녁녘의 도시 바닥은 구석구석까지 진한 회색으로 젖어 있고,
가로등 둘레에 미지근한 걸레처럼 드리워 있는 것은
벌써 밤이었다.
그러나 갑자기
집 뒷면의 부실한 싸구려 방화벽이
몸서리치는 밤하늘로
어슴푸레 솟아오르는가 싶더니
그것은 보름달이었다, 틀림없는 달이었다.

그리고 상공에는
티 없고 상처 없는 밤하늘이 조금씩 펴져나가고
그러다가 한쪽 편의 창문 모두가
사람이 살고 있지 않는 것처럼 하얗게 밝아온다.

분수

Daß aus Aufsteigendem und Wiederfall

올라갔다가는 다시 밑으로 떨어지는 것,
나의 내부에도 이런 '존재하는 것'이 생겨났으면.
아, 손 없이 높이 올리고 받아들이는 것,
지극히 정신적인 멈춤, 공 없는 공놀이여.

노래

Lied

요람처럼

나를 지치게 하는 너이지만

밤에 자면서 울었다고

너에게 말하지는 않는다.

너도 나 때문에

잠 이루지 못했다고 말하지 않는다.

이 아름다움을

우리는 그대로

마음에 묻어두면 어떨까

....

세상의 연인들을 보라,

가까스로 고백을 시작하면서

그들은 벌써 거짓말을 하고 있다.

....

너는 나를 고독하게 한다. 내가 보낼 수 있는 것은 너뿐이다.

네 모습이 언뜻 보이다가 어느새 다시 바람 소리가 된다.

흔적도 없는 향기가 된다.

아, 품에 안았던 여인들은 모두 사라져버렸다.

그러나 오직 너만이 언제나 다시 되살아난다.

한 번도 너를 잡아두지 않았기에

나는 언제까지나 너를 소유하고 있다.

앙리 크로스, 〈지중해의 해변〉(1891)

루 안드레아스 살로메에게

An Lou Andreas-Salomé

I

나는 나를 지나치게 열어놓고 있었다. 나는 잊고 있었다,
바깥에는 사물이나 자신 속에 넉넉히 둥지를 튼
동물들만 있는 것이 아니라는 것을.
동물들의 눈이 그들의 생활권 내에서 바깥에 미치더라도
그것은 액자에 낀 그림의 그것과 다를 것이 없다.
나는 모든 것과 함께 갖가지 시선을
나의 내부로 끊임없이 끌어들였다. 시선을, 의견을, 호기심을.
공간 속에 이런저런 눈이 생겨나고
그것이 늘 나에게서 떠나지 않는다고 누가 알겠는가.
아, 너를 향하여 추락할 때만 나의 얼굴은 드러나지 않는다.
그것은 너의 내부에 유착하여
너의 보호받은 마음속에 언제까지나 어둑어둑하게 정착할 것이다.

Ⅱ

손수건 한 장으로 겹겹이 쌓인 한숨을 막듯이
아니, 생명이 모두
한꺼번에 흘러나올 것 같은 상처를 막듯이
나는 너를 나에게 갖다 대고 있었다.
네가 나 때문에 빨갛게 물든 것을 나는 보았다.
우리에게 무슨 일이 있었는지 누가 말로 다 할 수 있겠는가.
시간이 없어 하지 못한 것을 우리는 모두 되가져오고 있었다.
뛰어넘어 온 청춘의 갖가지 자극 속에 나는 특이하게 성숙하고
그리고 사랑하는 이여, 너는 나의 마음 위에
어떤 분방한 유년기를 펼치고 있었다.

Ⅲ

돌이켜 생각하는 것이 여기서는 족하지 않다.

저 순간들의 순수한 존재가
틀림없이 나의 깊숙한 바닥에 쌓여 있을 것이다,
넘칠 만큼 엄청나게 주입된 용액의 앙금이.
그것은 내가 생각해내지 않기 때문이다.
내가 지금 있다는 것, 그것이 나를 감동시키는 것은 너를 위해서다.
네가 떠난 서럽고도 싸늘해진 자리에서
나는 너를 찾지 않는다. 네가 거기 없다는 것까지도
너에 의해 따뜻해지고, 더 진실되고,
결핍 이상의 것이 되어 있다.
동경은 너무나 자주 엉성해진다. 나는 왜 나를 내던져야 하는가,
창가의 좌석을 비추는 달빛처럼
어쩌면 너의 영향이 가볍게 나에게 미치고 있는데.

꽃이 만발한 편도나무들

Mandelbäume in Blüte

꽃이 만발한 편도나무들. 우리가 이 지상에서
이룰 수 있는 모든 것은, 지상의 현상 속에서
진실을 남김없이 인식하는 것이다.

너희들에게 한없이 경탄한다, 축복받은 자여, 영원한 감성으로
아찔한 장식품을 달고 다니는 너희들의 몸가짐에.
아, 꽃피는 것을 아는 자라면, 그 마음은 약한 위험을 모두 넘어서
커다란 위험 속에서 위로받게 되리라.

빈센트 반 고흐, 〈알리스캉 : 낙엽〉(1888)

스페인 삼부작

Die Spanische Trilogie

방금 반짝이고 있던 별들을

Aus dieser Wolke

방금 반짝이고 있던 별들을
아주 거칠게 가려버린 이 구름과—(그리고 저에게서),
잠시 동안 밤바람이 불고 있는
지금은 깜깜한 저 너머 두메산골과—(그리고 저에게서),
찢어진 하늘의 틈 사이로 흘러내리는 빛을 받은
골짜기 밑바닥의 하천과—(그리고 저에게서),
저와 모든 것에서 단 하나의 사물을 만드십시오.
주여, 저와 그리고
우리 안으로 돌아온 가축의 무리가
커다랗게, 깜깜하게 세계가 사라져버리는 것을
숨을 내쉬며 참고 견디는 감정에서—, 저와, 그리고 여러 집들의

어둠 속에 켜지는 하나하나의 등불에서, 주여,
하나의 사물을 만드십시오. 낯선 사람들과,
제가 아는 사람이 하나도 없으므로, 주여, 저에게서, 저에게서
하나의 사물을 만드십시오. 잠자고 있는 사람들과
극빈자 수용소의 침대에서 대단한 듯이
잔기침을 하는 낯선 노인들과
생소한 품에 안겨 잠에 취해 있는 아기들과
많은 부정확한 것과 그리고 언제나 저에게서,
다름 아닌 저와, 그리고 제가 모르는 것에서
사물을 만드십시오. 주여, 주여, 주여, 사물을.
유성流星처럼 우주적이고 지상적이며
그 무게는 오직 비상飛翔의 합에 지나지 않으며
도착의 무게 이상의 무게를 가지지 않는 사물을.

왜 한 사람이 나서서

Warum muß einer gehen

왜 한 사람이 나서서 알지도 못하는 물건을 짊어져야 하는가.

마치 짐꾼이, 자기와는 상관없는 것으로
점점 채워지는 장바구니를
들며 지며 가게에서 가게로 뒤따라가듯이.
그리고 "나리, 누구를 위한 연회입니까"라고 물을 수 없듯이.

왜 한 사람이 목자처럼 서 있어야 하는가.
감당할 수 없는 영향 속에 그렇게 노출되어서,
사건이 넘치는 이 공간에 관여하여,
풍경 속의 한 그루 나무에 기댄 채 더는 행동하지 않고
그의 운명을 따라야 하는 것일까.
하지만 커다랗게 열린 그의 눈에는

가축 떼의 조용하고 온화한 모습은 비쳐 있지 않다.
세계만이 비쳐 있을 뿐이다, 그가 우러러볼 때마다,
그리고 내려다볼 때마다 그때의 세계가.
기꺼이 다른 사람의 소유가 되는 것이 마치 음악처럼 쌀쌀맞게
맹목적으로 그의 핏속으로 들어가 변모하면서 사라진다.

그는 밤중에 일어난다. 그러면 그의 존재 속에 이미 바깥의 새가 외치는 소리가 있다.
그리고 그는 별들을 모두 그의 얼굴에 받아들였으므로 자신을 용기 있게, 무겁게 느낀다—. 아, 그러나 그는 사랑하는 사람을 위해 이 밤을 준비하여
자신이 알게 된 하늘로 그녀를 어하는 자는 아니다.

만약 도시의 군중들이

Daß mir doch

만약 도시의 군중과
엉클어진 소음의 뭉치와, 그리고 탈것의 혼잡이
외돌토리의 나를 다시 둘러싸더라도,
그렇더라도 그 빽빽한 번잡을 뛰어넘어
그 하늘을 되새길 수 있고, 저쪽으로부터 돌아오던 가축의 무리가
들어서던 산자락을 되새길 수 있었으면 좋겠다.
나의 심정은 내가 돌과 같고, 그래서 목자의 일상의 일을
나도 할 수 있게 되었으면 싶다.
햇볕에 그을리며 돌아다니고, 알맞게 겨냥하여 돌을 던져서
흩어졌던 가축의 무리를 제자리로 돌아오게 하는—.
목자의 가볍지 않은 느린 발걸음, 신중한 거동,
그러나 멈추어설 때의 그는 더없이 멋있다. 여전히 한 사

람의 신神이

그 모습 속으로 몰래 들어갈 수 있을 것이다, 그러나 작아지지는 않을 것이다.

그는 번갈아서 멈추기도 하고 움직이기도 한다. 하루 그 자체처럼.

그리고 구름의 그림자가 그의 내부를 관통하는 것은
마치 공간이 그를 대신해서
천천히 무엇을 생각하고 있는 것과 같다.

그가 누구든 간에 너희들을 위하여 있어주었으면 한다.
램프의 갓 안에 흔들거리는 등불을 놓듯이
나는 그의 속에 나를 놓는다. 그러면 빛이 잠잠해진다.
죽음이 더 순수하게 자신의 길을 바르게 찾을 것이다.

천사에게

An den Engel

경계에 놓여 있는, 단단하고 말이 없는 촛대여,
하늘은 완전히 밤이 되었습니다.
우리는 당신의 하부구조의 밝아지지 못한 주저 속에서
기력이 소진되고 맙니다.

우리는 내부의 어지러운 세계에서 빠져나올
출구를 알지 못하고 있습니다.
당신은 우리들의 장애물 위에 나타나서
그것을 높은 산악 지대처럼 환하게 비추고 있습니다.

당신의 기쁨은 높이 우리들의 영역 위에 있습니다.
그러나 우리는 그 침전을 거의 받아들이지 않습니다.
춘분春分의 투명한 밤처럼,
당신은 낮과 낮을 둘로 나누고 그 사이에 서 있습니다.

우리들을 은밀히 흐리게 하는 이 혼합물을

누가 당신에게 부어넣을 수 있겠습니까.
당신은 모든 위대한 것의 장엄함을 가지셨고,
우리는 아주 자잘한 것에 익숙해 있습니다.

우리가 우는 것은 그저 눈물을 흘리고 있는 것입니다.
우리가 본다는 것은 고작 눈만 뜨고 있다는 것입니다.
우리들의 미소는 멀리로 유혹하지 않습니다.
유혹하더라도 누가 따라가겠습니까, 그 어떤 사람이.

천사여, 내가 지금 하소연 하고 있는 것입니까.
어떻게 그것이 나의 하소연이 되겠습니까.
아, 나는 소리칩니다. 두 딱딱이를 맞두드립니다.
그러나 그것이 들리게 되리라고 생각하지 않습니다.

내가 여기 있는데도 당신이 나를 느끼지 않으셨다면
내가 외치는 소리가 당신께 크게 들리지 않을 것입니다.
빛나십시오, 빛나십시오. 별들 옆에 나를 더 돋보이게 하십시오.
왜냐하면, 나는 스러지기 때문입니다.

빈센트 반 고흐, 〈별이 빛나는 밤〉(1889)

촘촘히 별을 뿌려놓은

Überfließende Himmel verschwendeter Sterne

촘촘히 별을 뿌려놓은 넘치는 하늘이
우리들의 근심거리 위에서 잘난 체하고 있다.
울어라, 베개 속이 아니라 하늘을 향하여.
지금 우리들의 울고 있는, 우리들의 끝나는 얼굴 가에서,
주변에서 퍼져나가며 저쪽으로 이끄는
세계 공간世界空間이 벌써 시작되는 것이다,
네가 굳이 그쪽으로 건너갈 때,
누가 그 흐름을 막을 수 있을까.
아무도 없다. 너에게로 밀려오는 저 별들의
힘찬 물살과 느닷없이 네가 씨름할 때 외에는.
빨아들여라. 대지의 어둠을 빨아들여라.
그리고 다시 우러러보아라, 다시.
가볍고 얼굴 없는 심연이 위에서 너에게 기대리라.
해이된, 밤을 품은 얼굴이 네 얼굴을 수용하리라.

나르시스

Narziss

나르시스가 죽었다. 그의 아름다움에서 끊임없이
그의 본질에 가까운 것이 솟아오르고 있었다,
헬리오트롭*의 향기처럼 진하게.
그러나 그의 정해진 운명은 자신을 주시하는 것이었다.

그는 사랑했다, 자신으로부터 나갔다 다시 돌아온 것을.
그리고 그는 이제 순풍 속에 없었다.
황홀해져서 그는 갖가지 모습의 주위를 폐쇄했고 또 자신을 포기했다.
그는 이제 더 존재할 수 없었다.

* 달콤한 향을 풍기는 허브의 일종.

눈물

Tränen, Tränen, die aus mir brechen.

눈물, 내 몸을 뚫고 나오는 눈물.
죽음이여, 검은 모습이여, 내 심장의 소유자여,
나를 더 기울게 하라, 그래서 눈물이 흘러나오게.
나는 이야기를 하고 싶다.

거무스름하고 거대한, 내 심장의 받침대여.
내가 이야기를 하면 침묵이 깨진다고
너는 생각하는가.

나를 잠재워다오, 오랜 친구여.

미리 상실된 연인이여

Du im Voraus verlorne Geliebte

미리 상실된 연인이여,
한 번도 나타난 적이 없는 사람이여,
네가 어떤 곡조를 좋아하는지 나는 모른다.
미래의 물결이 출렁거려도
이제 너를 가려낼 생각이 없다.
나의 내부의 위대한 형상들이, 먼 나라에서 알게 된 풍경이,
도시가, 탑이, 다리가,
뜻밖의 굽은 길이,
신神들에 의해 일찍이 뒤섞여 살던 저 나라들의
그 강력한 힘이,
떠나가는 이여, 나의 내부에서
너의 의미가 되어 높아간다.

아, 너는 정원이다.
아, 나는 크게 기대하면서 정원들을 바라보았다.

별장의 열려 있는 창문—
수심에 잠겨 네가 나에게 다가오고 있는 것 같았다.
골목길을 발견하면—
방금 네가 지나간 것 같았다.
그리고 점포에 걸려 있는 거울은 곧잘
너 때문에 또 현기증이 나서 갑작스러운 나의 모습을
놀라서 비추고 있었다. —누가 알겠는가,
한 마리의 같은 새가 어제 저녁에 따로따로
우리들의 내부를 울며 지나가지 않았다고.

하소연

Klage

너는 누구에게 하소연하려는가, 마음이여, 점점 더 버림받으며

너의 길은 이해할 수 없는 사람들 사이를 바릇거리며 나아간다.

그러나 그것도 어쩌면 헛된 일이다.

너의 길은 방향을,

미래로 가는 방향을 잡고 있기 때문이다,

잃어버린 미래로 가는.

이전에도 하소연했던가. 그것은 무엇이었던가.

그것은 환호의 나무에서 떨어진 한 알의 설익은 열매였다.

그러나 지금 나의 환호의 나무가 부러진다.

서서히 자란 나의 환호의 나무가

폭풍우 속에서 부러진다.

내 눈에 보이지 않는 풍경 속의 가장 아름다운 것이.

나를 보지 못하는 천사들에게
나를 알아보게 한 그것이.

조르주 쇠라, 〈남녀〉(1884)

로테 빌리츠를 위하여

Für Lotte Bielitz

신神에게로 내려가는 길은 힘듭니다. 그러나 보십시오,
당신은 당신의 빈 항아리를 들고 애쓰고 있습니다.
그러나 갑자기, 당신이 어린아이이며, 소녀이며, 여자라는 것—,
그것이 충분히 신神을 만족케 합니다.

신神은 물입니다. 당신은 그저 순수하게
앞으로 내민 두 손으로 접시 모양을 만들고
그 위에 무릎을 꿇습니다—. 그러면 신神은 넘쳐흘러서
당신이 수용할 수 있는 만만찮은 양을 넘어설 것입니다.

사랑의 기초

Liebesanfang

아 미소, 최초의 미소, 우리들의 미소.
그것은 하나였던 것이다. 보리수 향기를 빨아들이는 것,
공원의 고요에 귀 기울이는 것—, 갑자기 서로를 들여다 보고
그리고 놀라서 미소를 짓는 것이.

이 미소 속에는 추억이 있었다,
방금 저쪽 잔디밭에서 놀고 있던 한 마리 토끼에 대한.
그것은 이 미소의 요람이었다.
나중에, 연못을 고요한 두 개의 저녁으로 가르며
나아가는 백조를 보았을 때
우리들의 미소에 새겨진 그 모습은
분명히 더 엄숙했다. —그리고
청아하고 자유로운, 반드시 다가올 밤하늘을 향해 솟은
우듬지의 가장자리는 우리들의 이 미소에

이미 한계의 선을 긋고 있었다,
우리 얼굴 속의 황홀한 미래를 향하여.

마음의 산마루에 방치되어

Ausgesetzt auf den Bergen des Herzens

마음의 산마루에 방치되어. 보라, 저기 저렇게 작게,
언어의 마지막 촌락이 보인다.
그리고 더 높은 곳에,
또한 저렇게 작게, 감정의 마지막 농장도. 너는 보는가.
마음의 산마루에 방치되어. 두 손 밑의 돌 땅.
여기서 아마 몇 송이의 꽃이 피고
말이 없는 낭떠러지에서
우둔한 풀꽃 한 송이가 피어나온다.
그러나 아는 사람은? 아, 알기 시작하고
그리고 지금 침묵하는 자는, 마음의 산마루에 방치되어.
건전한 의식을 가진
많은 것들이, 많은 안전한 산짐승들이 이동하고 머문다.
그리고 순수한 거절의 정상 주위를
커다란, 보호받은 새가 맴돌고 있다. ―그러나
보호받지 못한 자는, 여기 마음의 산마루에서…….

다시 한번 마음의 산마루에 방치되어

Einmal noch kam zu dem Ausgesetzten

다시 한번 마음의 산마루에 방치되어
고통스럽게 싸우고 있는 자에게
골짜기의 향기가 흘러왔다. 그는
밤이 바람을 마시듯이 마지막 숨을 들이마셨다.
일어서서 향기를 마시고, 또 마시고,
다시 한번 무릎을 꿇었다.
돌이 많은 그의 영역 위에는
하늘의 숨을 죽인 골짜기가 화방수처럼 떨어져 있었다.
별들은 인간의 두 손이 가지고 오지만
풍요를 거두어들이지는 못한다.
마치 퍼져 있는 소문 속을 지나가듯이, 울고 있는 어떤
얼굴 속을 지나가듯이
그들은 말없이 그렇게 지나가는 것이다.

죽음

Der Tod

거기 죽음이 서 있다. 받침접시가 없는 찻잔 속의
푸르스레한 달인 액체가.
찻잔은 참으로 기이한 곳에 있다.
어떤 손등에 얹혀 있는 것이다.
잿물을 입힌 곡선 주변에 손잡이가 떨어져나간 자리를
지금도 또렷하게 알아볼 수 있다. 먼지투성이다.
그리고 어깨에는 다 닳은 글자로 '희-망'이라 적혀 있다.

그 음료를 마신 남자가 먼 옛날 언젠가 아침을 먹을 때
그 글자를 읽어낸 것이다.

마지막에 독으로 위협하며 쫓아버려야 할 인간이란
도대체 어떤 부류의 존재일까.

그들은 지난날에 있었던 것일까. 아니면 지금

장애물이 가득한 이 식사에 흠뻑 빠져 있을까.
마치 틀니를 들어내듯이
그들에게서 딱딱한 오늘을 제거하지 않으면 안 된다.
그러면 그들은 웅얼거린다. 웅얼, 웅얼 ……
………………………………………
아 언젠가 어느 다리에서 보았던
별의 낙하여,
너를 잊지 않으리. 서 있으리.

음악에

An die Musik

음악. 조각상의 숨결. 어쩌면 그림의 고요.
말이 끝나는 곳에서 시작되는 말이여.
사라져가는 마음의 방향 위에
수직으로 서 있는 시간이여.

누구를 향한 감정인가. 아 너는
어떻게 달라진 감정의 변형인가—. 귀에 들리는 풍경 속에.
음악. 서먹한 것이여. 우리에게서 비어져 나온 마음의 공간이여.
우리들의 가장 깊은 내면에 있으면서
우리를 뛰어넘어 헤치고 나오는 것이여—
신성한 이별이여.
지금 우리들의 내부가 우리들을 둘러싸고 있는
정교한 원경같이,
공기의 뒷면같이.

순수하게

거대하게

이제는 더 거주할 수도 없는.

알베르트 베르트쉰, 〈겐트의 밤〉(1903)

시간을 낭비한다는 말은

Wunderliches Wort : die Zeit vertreiben!

시간을 낭비한다는 말은 참 이상한 말이다.
시간을 붙들어두는 것, 그것이 문제이거늘.
왜냐하면, 누가 두려워하지 않겠는가,
지속은 어디에 있고, 마지막 존재는 세상 어디에 있는지를—.

보아라, 땅거미가 깔리는 공간으로 서서히 날이 저물고
그것이 밤으로 녹아든다.
일어서는 것이 정지가 되고, 정지가 눕는 것이 되고,
그리하여 기꺼이 드러누운 것이 사라져간다—.

반짝이는 별을 상공에 두고 산들은 잠들어 있다—.
그러나 그 산들 속에도 시간은 반짝거리고 있다.
아, 나의 황량한 마음속에, 지붕도 없이
멸하지 아니하는 것이 묵고 있다.

방금 나의 창문으로

War der Windstoß, der mir eben

방금 나의 창문으로
문득 불어온 돌풍은
다만 맹목적으로 자연이 몸을 일으키고
그리고 다시 몸을 누이는 것이 아닐까.

혹은 세상 떠난 사람 하나가
그런 몸짓을 이용했던 것일까.
감각이 없는 대지에서
민감한 집 안으로 영역을 넓힌 것일까.

대개는 밤에 잠자는 사람이
몸을 뒤치는 소리 같은 것에 지나지 않는다—,
그러나 그것이 갑자기 저승에서 보낸 것으로 가득 차서
의아해하는 나를 당황케 한다.

아, 나는 그것이 무슨 뜻인지
제대로 이해할 수 없다—,
죽어서 암담해진 소년이
거기서 울며 나에게 다가오는 것일까.

그는 이승에 남겨둔 것을 (나는 거부하지만)
나에게 보이려고 하는 것일까.
바람과 함께 불어온 것은 하소연이었다.
아마도 그가 거기 서서 소리치고 있었을 것이다.

두이노의 비가

Duineser Elegien

첫 번째 비가悲歌

Die erste Elegie

아무리 내가 소리쳐도 천사들의 서열에서 누가 그것을 들으랴.

설령 그중의 하나가 갑자기 나를 끌어안더라도

나보다 더 강한 그 존재에 압도되어 나는 스러지고 말 것이다.

왜냐하면 아름다움은 바로 무서운 것의 시초이기 때문이다.

우리가 그것을 가까스로 참아내고, 감탄하는 것은

우리를 분쇄하는 것을 아름다움이 하찮은 일로 여기고 있기 때문이다.

모든 천사는 무섭다.

그러므로 나는 나를 억제하고

암담한 흐느낌에 섞여 나오는 유혹의 말을 삼켜버린다.

아, 그렇다면 우리는 누구를 쓸 수 있을까. 천사는 아니다, 인간도 아니다.

그리고 영리한 짐승들은 이미 눈치채고 있다,
우리 자신이 해석한 세계에서 안정되지 못한 우리가
별로 미덥지 않다는 것을. 어쩌면 우리들에게 남아 있는 것은
우리가 날마다 무심히 보고 또 보는
산비탈에 서 있는 어떤 한 그루의 나무, 어제 거닐었던 거리,
그리고 응석스러운, 깊숙이 몸에 밴 습관이다.
이 습관은 우리 곁에 있는 것이 좋아서 떠나지 않고, 머무르고 있었던 것이다.
아 그리고 밤, 밤. 세계 공간을 가득 품은 바람이
우리들의 얼굴을 깎아낼 때—, 애타게 기다리던,
가볍게 환멸을 느끼게 하는 밤이, 개개인의 가슴 앞에 괴롭게 다가서는 밤이
누구에겐가 남아 있지 않을까. 서로 사랑하는 사람들은 훨씬 수월하게 밤을 견뎌내지 않을까.
아, 그들의 사랑은 그들의 운명을 서로 보이지 않게 가리고 있을 뿐이다.
너는 아직도 그것을 모르는가.

우리가 숨 쉬고 있는 공간으로 가슴속의 공허를 던져 넣어라.

아마도 새들이 더 정성스레 날면서 그만큼 늘어난 대기를 느낄 것이다.

그래, 해마다의 봄은 분명 네가 필요했고
수많은 별들은 네가 그들을 느꼈으면 하고 바랐다.
지난날의 파랑이 너에게로 높이 밀려왔고.
때로는 열려 있는 창문 앞을 지나갔을 때
바이올린이 너에게 몸을 내맡겼다. 그것은 모두가 위탁이었다.
그러나 너는 그 위탁을 다 처리했는가.
모든 것이 너에게 애인을 예고하고 있다는 기대를 품고서
너는 언제나 마음을 흩뜨리지 않았던가. (거대하고 생소한 사상이 네 마음에 드나들고, 밤에는 자주 묵는다는데 그 애인을 너는 마음속 어디에 숨겨둘 생각인가.)
그렇더라도 너무나 그립다면 저 사랑의 여인들을 노래하라.
널리 알려져 있는 그녀들의 심성이 불멸의 것이 되기에

는 아직도 충분치 못한 것이다.

저 버림받은 여인들. 충족된 여인들보다 훨씬 깊이
네가 거의 시새울 정도로 사랑할 줄 알았던 여인들.
결코 끝이 없는 찬양의 노래를 늘 새로이 부르기 시작하라.
생각하라, 영웅은 자신을 스스로 지킨다는 것을. 몰락마저도
그에게는 존재하기 위한 하나의 구실에 지나지 않았으며, 그의 마지막 탄생이었다.
그러나 기진맥진한 자연은 사랑의 여인들을 자신의 품으로 불러들였다.
마치 그렇게 할 힘이 다시는 없는 것처럼.
일찍이 너는 가스파라 스탄파를 깊이 생각해본 적이 있는가.
사랑하는 남자가 떠나버린 소녀 하나가
그 차원이 높은 사랑의 경지를 본받아서
나도 그분처럼 되었으면 싶다고 생각하는, 그 정도로.
이 묵고 묵은 고통이 마침내 우리에게
더 많은 결실을 가져와야 하지 않겠는가. 지금은
우리가 사랑하면서도 사랑하는 사람을 떠나, 떨면서 그

것을 견뎌내야 할 때가 아닌가.

마치 시위를 견뎌낸 화살이 힘을 모아 날아갈 때

자신을 초월한 자신 이상의 것이 되듯이. 머묾이란 아무데도 없는 것이다.

목소리, 목소리가. 들어라, 나의 마음이여,

이전에 성자들만 들었던 것처럼, 그때 거대한 불음 소리가

성자들을 땅에서 끌어올렸다. 그러나 그들은 꿈쩍없이 그저 꿇어앉은 채

있을 수 없는 사람들이어, 조금도 개의치 않았다.

그렇게 그들은 듣고 있었다. 그러나 네가

신의 목소리를 견디어내라는 것은 결코 아니다. 그러나 바람처럼 불어오는 것을

침묵 속에서 태어나는 끊임없는 소식을 들어라.

지금은 저 젊은 죽은 자들의 살랑거리는 소리가 너에게 들려온다.

네가 들어서는 곳곳마다, 로마나 나폴리의 교회에서

그들의 운명이 조용히 너에게 말을 건네지 않았던가.

아니면 일전에 산타 마리아 포르모사 교회에서도 그랬

듯이

하나의 묘비명이 너에게 기품 있게 위탁한 것이 아닐까.

그들은 나에게 무엇을 바라고 있을까. 은밀히 나는 그들의 부당이라는 그릇된 겉모양을 벗겨주어야 하는 것이 아닐까.

그들 영혼의 순수한 움직임을 조금은 방해하고 있는 겉모양을.

그것은 분명히 이상한 일이다. 이제는 이 대지에서 살려고 하지 않고

간신히 익힌 습관도 이제는 행하려 하지 않는 것은.

장미꽃, 그리고 그 밖의 각별히 기대를 갖게 하는 많은 것에

인간다운 미래의 의미를 부여하려 하지 않는 것은.

이제는 더없이 세세히 돌보아주던 품 안에 있지 않고

자신의 이름마저도

망가진 장난감처럼 내버리는 것은.

이상한 일이다. 갖가지 원하는 것을 계속해서 바라지 않는 것은.

이상한 일이다. 서로 관련되어 있던 모든 것이 풀려서
공간을 훨훨 날아다니는 것을 보는 것은.

그리고 죽어 있다는 것은 고생스럽고, 보충해야 할 것이 넘칠 만큼 많은 것이다.

그리하여 죽은 자는 차츰 약간의 영원을 느낀다,
— 그러나 살아 있는 자는 모두 삶과 죽음을 너무나 단적으로 구분하는 잘못을 범하고 있다.

천사들은 번번이, 그들이 살아 있는 자들 사이에 있는지,
죽은 자들 사이에 있는지를 분간하지 못한다고 한다.

영원한 흐름은 삶과 죽음의 두 영역을 가로질러서
모든 세대를 늘 납치하여 두 영역에서 더 큰 소리로 그들을 압도한다.

결국 그들은 우리를 이제 필요로 하지 않는다, 세상을 일찍 떠난 자들은.

그들은 이 세상의 것에서 조용히 떠나간다.
마치 어린 아기가 어머니의 유방을 서서히 떠나서 성장해가듯이.

그러나 우리는, 그런 의미 깊은 신비를 필요로 하고,
슬픔으로부터 종종 복된 진보를 이루어내는— 우리는

죽은 자들 없이 있을 수 있을까.

옛날에 리노스의 죽음을 슬퍼하는 통곡이 최초의 음악이 되어

바싹 마른 응결 속의 구석구석까지 스며들었다는 전설은 공연한 것인가.

거의 신神에 가까웠던 이 젊은이가 갑자기 영원히 떠났을 때

맨 처음 깜짝 놀란 그 공간의 공허가 저 진동으로 변하고

그것이 지금 우리를 매혹하고, 위로하고, 힘을 실어주고 있다는.

바실리 칸딘스키, 〈붉은 반점이 있는 풍경〉(1913)

여섯 번째 비가

Die sechste Elegie

무화과나무여, 너는 오래전부터 이미 나에게는 의미 깊은 것이었다.

꽃피는 것을 훌쩍 뛰어넘은 너는
칭찬도 받지 못하고, 청순한 너의 비밀을
때에 맞게 결심한 열매 속에 밀어 넣는다.
분수의 관처럼 구부러진 너의 가지들은
수액을 아래로 위로 보낸다. 그리고 수액은, 잠에서 거의 깨어나지 않고
가장 달콤한 결실의 행복 속으로 뛰어든다.
신神이 백조 속으로 들어가듯이.
……그러나 우리는 머무르고 있다.
아, 우리는 꽃피는 것이 자랑스럽다. 우리는
가까스로 맺은 열매의 때늦은 내부로 배반당해서 들어간다.
꽃을 피우도록 이끄는 유혹이 감미로운 밤바람처럼

그들 젊은이의 입과 눈꺼풀에 닿을 때도
행위에의 충동이 너무 세게 치솟아서 재빨리 준비하고 기다리며
마음의 충만 속에서 뜨겁게 타오르는 사람은 극히 적다.
그것은 아마 영웅들이나, 일찍 세상을 떠나게 되어 있는 젊은이들이다.
원예사인 죽음이 그들의 혈관을 우리와는 다르게 구부려놓은 것이다.
이들은 그쪽으로 거침없이 나아간다. 그들 자신의 미소보다 먼저.
마치 카르낙 신전의 우아한 음각화에서 보는 마차의 말들이
개선하는 왕보다 앞서 가고 있듯이.

이상하게도 영웅은 젊어서 죽은 사람들에 많이 가깝다.
지속은 그의 마음을 유혹하지 못한다. 그에게는 올라가는 것이 존재인 것이다.
끊임없이 그는 자신을 납치하여 항상 위험한, 달라진 성좌 안으로 걸어 들어간다.

그곳에 자리를 잡고 있는 그를 발견할 사람은 아주 드물다.
그러나 우리들에 대해서는 음울하게 침묵을 지키고 있던 운명이
갑자기 감격하여 그를 노래한다. 그 소란한 세계의 폭풍우 속으로. 비할 데 없이 아름다운 노래다. 갑자기 그 어두운 음조가
흐르는 바람과 함께 내 몸을 뚫고 지나간다.

그때 나는 그리움으로부터 나를 숨기고 싶은 생각이 간절했다.
아 내가 소년이라면, 소년이 될 수 있다면
그리고 미래의 두 팔에 기대앉아서 삼손의 이야기를,
그의 어머니가 처음에는 아이를 낳지 못하다가 나중에 완전무결한 아이를 낳았다는 이야기를 읽을 수 있다면.

아 어머니, 그는 당신 속에 있을 때 이미 영웅이 아니었던가.
거기 당신 속에 있을 때 이미 그의 왕자다운 선택이 시작되었던 것이 아닌가.

무수한 것이 모태에서 들끓으며 그가 되고 싶어 했다.

그러나 보라. 그는 잡을 것은 잡고, 버릴 것은 버렸다—, 선택하고 해낸 것이다.

그리고 그가 기둥을 넘어뜨렸을 때도, 그것은 당신의 육체 세계에서

더 좁은 세계로 그가 뚫고 나왔을 때와 다를 바 없었다.

그는 계속 선택했고, 그리고 해낸 것이다.

아 영웅의 어머니들이여, 아 세찬 흐름의 원천이여.

이미 소녀들이 미래의 아들에게 바치는 제물이 되어

마음의 높은 낭떠러지에서 슬퍼하며 몸을 던진, 너희들 협곡이여.

왜냐하면 영웅은 사랑의 여러 체류지를 지나 돌진해 갔기 때문이다.

그 하나하나가, 그를 아끼는 심장의 고동 하나하나가 이 지상을 그가 초월토록 했다.

그러나 그는 이미 몸을 돌려 미소의 끝에 서 있었다, 다른 사람이 되어.

오르페우스에게 보내는 소네트

Die Sonette an Orpheus

오르페우스에게 보내는 소네트

1부

폴 세잔, 〈큰 나무들〉(1903)

거기 한 그루 나무가 솟아올랐다

Da stieg ein Baum

거기 한 그루 나무가 솟아올랐다. 아 순수한 상승이여.
아 오르페우스가 노래하고 있다. 아 귓속의 우뚝 솟은 나무여.
그리고 모든 것이 침묵했다. 하지만 그 침묵 속에서도
새로운 시작, 암시, 변화가 일어나고 있었다.

잠잠한 짐승들이 굴과 둥지를 떠나
밝은 해방된 숲에서 뛰어나왔다.
그때 알게 되었다, 그들이 그렇게 조용했던 것은
책략이나 불안해서가 아니라 듣기 위해서였다는 것을.

울부짖음도 외침도 짝을 찾는 소리도
그들의 마음에는 별것 아닌 것 같았다. 그리고 지금
노래를 맞아들일 오두막도 없던 곳에

하나뿐인 출입문의 기둥이 흔들리고 있는
어두운 욕망에서 생긴 은신처도 없던 곳에—
당신은 그들을 위하여 귓속에 신전을 세운 것이다.

로비스 코린트, 〈발헨 호숫가의 부활절〉(1922)

그리고 그것은 거의 소녀였다

Und fast ein Mädchen wars und ging hervor

그리고 그것은 거의 소녀였다.
노래와 칠현금이 하나가 된 행복 속에서 나타났다.
그리고 봄의 베일을 통하여 반짝이고.
나의 귓속에 잠자리를 만들었다.

그리고 나의 몸속에서 잠을 잤다. 그러자 모두가 그녀의 잠이었다.
늘 내가 찬탄했던 나무들도,
저 또렷이 보이는 먼 곳도, 내가 느낀 목장도,
나 자신에 관한 모든 놀라움도.

그녀는 세계를 자고 있었다. 노래하는 신神이여, 그대는
무엇보다 깨어 있기를 바라지 않는 그녀를
어떻게 완성했는가. 보라, 그녀는 태어나자 바로 잠들었다.

그녀의 죽음은 어디 있을까. 아 그대는 이 주제를

그대의 노래가 다하기 전에 다시 만들 수 있을까—

그녀는 나에게서 어디로 갈앉아갈까……그것은 거의 소녀…….

아 너희들 상냥한 자여

O ihr Zärtlichen, tretet zuweilen

아 너희들 상냥한 자여, 때때로,
너희에게 관심이 없는 숨결 속으로 들어가서
너희들의 두 볼로 그것을 두 개로 나누어라.
그것은 너희들의 등 뒤에서 떨며 다시 하나가 되리라.

아 너희들 지극히 행복한 자여, 완전무결한 자여,
모든 마음의 시초로 보이는 자여.
화살이 그리는 곡선이며, 화살의 표적인 자여,
눈물에 젖은 너희들의 미소는 더욱 영원토록 빛난다.

괴로워하는 것을 겁내지 마라,
그 무게를 대지의 무게에 돌려주어라.
산은 무겁고, 바다도 무겁다.

어릴 때 너희가 심은 나무들마저 이미 너무 무거워져서

너희들에게 버겁다.

그러나 바람은…… 그러나 공간은…….

기념비를 세우지 마라

Errichtet keinen Denkstein

기념비를 세우지 마라.
그저 해마다 그를 위하여 장미꽃을 피게 하라.
왜냐하면 그것은 오르페우스니까. 이것저것 속의
그의 변신인 것이다, 우리는.

다른 이름을 애써 찾을 필요가 없다. 노래하는 것이 있으면
그것은 틀림없이 오르페우스다. 그는 왔다가 간다.
때때로 그가 장미꽃보다 이틀이나 사흘쯤 더 견뎌낸다면
그것은 벌써 대단한 것이 아니겠는가.

아 그가 사라져야 한다는 것을 너희들은 이해해야 한다.
비록 사라지는 것을 그 자신이 두려워할 때도.
그의 말이 이 지상의 존재를 넘어서면

그는 벌써 저쪽에 있다, 너희들이 따라갈 수 없는 곳에.

칠현금의 격자도 그의 손을 막지는 않는다.

그리고 그는 저쪽으로 넘어가며 순종하고 있다.

그림자 중에서도

Nur wer die Leier schon hob

그림자 중에서도
이미 칠현금을 받쳐 든 자만이
끝없는 찬가를
애감 속에서 부르게 된다.

망자들과
그들의 양귀비를 먹은 자만이
더없이 그윽한 음색을
다시 잃지 않으리라.

못에 비친 영상이 종종
우리들 눈에서 사라지더라도
그 모습은 알고 있어야 한다.

이 중의 세계에서 비로소

노랫소리가

영원해지고 온화해진다.

내 마음에서 한시도 떠난 적이 없는

Euch, die ihr nie mein Gefühl verließt

내 마음에서 한시도 떠난 적이 없는 너희들,
예스러운 석관이여, 나는 너희들에게 인사한다.
로마의 나날의 즐거운 물이
방랑의 노래처럼 그 속을 흐르고 있다.

혹은 잠에서 깨어나는 쾌활한 목동의 눈처럼
저 열려 있는 것들.
—그 속에는 고요와 광대수염풀이 가득하고—
거기에서 황홀해진 나비들이 하늘하늘 날아올랐다.

의심에서 벗어난 것,
침묵의 의미를 이미 알고서 다시 열린 입,
이 모두에게 나는 인사한다.

그것을 우리는 알고 있을까, 친구여, 모르고 있을까.

이 두 가지가 인간의 얼굴에
주저하는 시간을 만들어내고 있다.

폴 고갱, 〈설교 후의 환상〉(1888)

세계가 어느새

Wandelt sich rasch auch die Welt

구름 모습같이 변해가지만
완성된 것은 모두
태고의 것에 귀속한다.

변화와 추이를 넘어
더 멀리, 더 자유로이
너의 노래는 아직도 계속되고 있다,
칠현금을 든 신神이여.

고뇌를 알게 된 것도 아니고
사랑도 배우지 못했다.
죽음 속에서 우리들로부터 멀어져가는 것도

아직 베일에 싸여 있다.
오직 평원의 노래만이
모든 것을 깨끗이 하고 축복한다.

맨 밑에는 나이 든 사람

Zu unterst der Alte, verworrn

맨 밑에는 나이 든 사람,
엉클어진 모든 건축물의 뿌리,
누구도 본 적 없는
은밀한 우물.

철모와 사냥 뿔피리,
머리털이 허옇게 센 노인들의 격언,
형제끼리 싸우는 사내들,
라우테 같은 여인들…….

밀치락달치락하는 가지와 가지,
어디에도 편안한 가지는 없다……
가지 하나가! 아, 뻗어라…… 뻗어…….

그러나 가지들은 아직도 부러진다.

마침내 이 한 가닥의 가지가 꼭대기에서
휘어져 칠현금이 된다.

주여, 새로운 것이

Hörst du das Neue, Herr

주여, 새로운 것이
땅을 흔들고 진동하는 것이 들립니까.
그것을 소리 높이 칭송하며 알리는 사람들이
많이 와 있습니다.

그 미친 듯한 소음 속에서는
아무리 들으려 해도 귀가 온전할 수 없습니다.
그러나 기계가 지금
칭찬을 받고 싶어 합니다.

보십시오, 기계를.
그것이 회전하고, 복수하고,
우리를 병신이 되게 하고, 약하게 하는 것을.

비록 우리에게서 힘을 얻었다 하더라도

기계는 흥분하지 말고

활동하며 봉사했으면 합니다.

친구여, 네가 고독한 것은

Du, mein Freund, bist einsam

친구여, 네가 고독한 것은……
우리들이 말과, 손으로 가리켜서
세계를 차츰차츰 자기 것으로 만들기 때문이다,
아마도 세계의 가장 나약하고 위험한 부분을.

누가 손가락으로 냄새를 가리킬 수 있을까.
그러나 너는 많은 것을 느끼고 있다,
우리를 위협하는 힘에 대하여…… 너는 망자들을 알고
있고
그리고 주문을 무서워한다.

지금은 단편이나 부분을 마치 전체인 양
우리가 함께 참고 견딜 때이다.
너를 도와주기는 어려울 것 같다. 무엇보다도

너의 마음에 나를 심어서는 안 된다, 나는 너무 빨리 자라니까.

그러나 나는 내 주인의 손을 잡고 이끌며 이렇게 말하리라,

보십시오, 이것은 가죽을 뒤집어쓴 에서[*]입니다, 라고.

* Esau : 구약성서 창세기 25장 21절에 나오는 이삭의 큰아들이자 야곱의 형.

우리는 떠돌아다니고 있다

Wir sind die Treibenden

우리는 떠돌아다니고 있다.
그러나 시간의 걸음은
늘 머물러 있는 것 속에서
미미한 것으로 받아들이고 있다.

모든 총망한 것은
금세 지나갈 것이다.
머물러 있는 것이 비로소
우리에게 영감을 주는 것이다.

소년들이여,
부질없는 속도나 허망한 비행에
마음을 쏟지 마라.

모든 것이 편히 쉬고 있다.

어둠도 밝음도

꽃도 책도.

오르페우스에게 보내는 소네트

2부

클로드 모네, 〈생트 아드레스의 보트 경주〉(1867)

호흡이여, 보이지 않는 시詩여

Atmen, du unsichtbares Gedicht!

호흡이여, 보이지 않는 시詩여.
자신의 존재를 위하여 끊임없이
순수하게 교환된 우주 공간이여.
내가 나를 율동적으로 이루어나가는 균형이여.

단 한 줄기의 물결,
그것이 점점 늘어나서 바다가 된 것이 바로 나다.
모든 가능한 바다 중에서 가장 검소한 바다—,
공간의 이득이여.

여러 공간 안의 수많은 이런 곳이
나의 내부에 이미 존재하고 있었다.
많은 바람이 마치 나의 아들과 같다.

내가 있었던 곳에 지금도 가득한 대기여, 나를 알아보는가.

그때는 내 말의 미끈한 껍질,

성숙, 그리고 이파리였던 것이여.

이삭 레비탄, 〈황금의 가을〉(1895)

급히 집어 든 종이가 때때로

So wie dem Meister manchmal das eilig

급히 집어 든 종이가 때때로
거장의 진짜 필치를 베껴내듯이
거울은 번번이 소녀들의 신성한
한 번뿐인 미소를 빨아들인다.

소녀들이 홀로 아침을 시험하고 있을 때,
혹은 시중드는 등불의 빛에 싸여 있을 때.
그리고 나중에는, 티 없는 얼굴의 숨결 속으로
한 줄기 반사광이 돌아올 뿐.

그을음에 싸인 쉬이 꺼지지 않는 난로의 불을
일찍이 얼마나 많은 눈이 바라보고 있었을까.
영원히 잃어버린 인생의 눈길이여.

아 누가 알고 있을까, 대지의 가지가지 상실을.

전체 속에 태어난 하나 된 마음을, 그래도
찬양하며 노래하는 자만이 알고 있을 것이다.

거울이여, 너희들의 본질을 알고서

Spiegel : noch nie hat man wissen beschrieben

거울이여, 너희들의 본질을 알고서
그것을 글로 표현한 자는 아직 없다.
너희들, 체의 눈으로만 메워져 있는
시간과 시간 사이의 공간이여.

너희들, 아직 인기척 없는 홀을 낭비하는 자여—,
땅거미가 깔리면 숲처럼 넓어지고……
그리고 샹들리에가 열여섯 가닥의 뿔을 가진 사슴처럼
누구도 들어가지 못한 너희들의 세계를 빠져나간다.

때때로 너희들은 그림으로 가득 찬다.
몇몇은 너희들의 속까지 들어간 것 같고—
어떤 것들은 너희들이 슬며시 지내보낸다.

그러나 가장 아름다운 여인이 남아 있을 것이다,

조심스러운 그녀의 두 뺨에 저승에서
투명한 용해된 나르시스가 스며들 때까지.

아 이것은 존재하지 않는 짐승이다

O dieses ist das Tier, das es nicht gibt

아 이것은 존재하지 않는 짐승이다.
사람들은 이것을 몰랐지만, 어떻든 그것을
—그 걸음걸이를, 자세를, 목덜미를,
조용한 눈매의 빛까지도—사랑해왔다.

그것은 아예 존재하지 않았다. 그러나 사람들이 사랑하였으므로
순수한 짐승 하나가 생겨났다. 사람들은 언제나 자리를 남겨두었다.
그 밝은, 비워둔 자리에서 그것은 가볍게 머리를 들었다.
이제는 존재할 필요가 거의 없었다.

사람들은 언제나 곡식이 아닌
존재의 가능성만 가지고 그를 길러왔다.
그것이 그 짐승에게 그런 힘을 주게 되어

그의 이마에서 뿔이 나왔다. 하나의 뿔이.

그는 하얀 모습으로 한 처녀에게 다가갔다—,

그리하여 은빛 거울 속에 그리고 그녀 속에 존재하고 있었다.

높이 울리는 하늘의 다성적인 빛이

Blumenmuskel, der der Anemone

높이 울리는 하늘의 다성적인 빛이
자신의 품속으로 흘러들어 올 때까지
아네모네 초원의 아침을
차례차례 열어주는 꽃의 근육이여.

조용한 별 모양의 꽃 속에서
끝없이 맞아들이고자 팽팽히 켕긴 근육이여,
때로는 넘치는 충만감에 압도되어
일몰의 휴식을 알리는 신호도

너의 뒨 꽃잎들을
너에게로 돌려보낼 수가 없다,
참으로 많은 세계의 결의요 힘인 너.

우리들, 폭력적인 우리들은 더 오래 견딜지도 모른다.

그러나 언제, 모든 삶의 어느 날에
우리는 마침내 열리고, 받아들여질 것인가.

장미여, 꽃의 여왕이여

Rose, du thronende, denen im Altertume

장미여, 꽃의 여왕이여,
고대에 너는 단순한 꽃잎을 가진 꽃받침이었다.
그러나 우리에게는 수많은 꽃잎을 가진 풍만한 꽃이다,
한량없는 꽃이다.

너의 풍만함이
광채뿐인 육체에 겹겹이 껴입힌 의상같이 보인다.
그러나 너의 꽃잎 하나하나는
모든 의상을 회피하고 거부하는 것이기도 하다.

수세기 전부터 너의 향기는 우리들에게
가장 아름다운 이름들을 불러오고 있다.
갑자기 그것이 명성처럼 공중에 널리 퍼진다.

그러나 그것을 무엇이라 부를지 우리는 모른다, 추측만

할 뿐…….

그리고 불러낼 수 있는 시간에서 우리가 얻어낸 추억이 그 향기 속에 녹아든다.

꽃들을 보라

Siehe die Blumen, diese dem Irdischen treuen

꽃들을 보라, 대지에 충실한 이것들을.
운명의 가장자리에서 가져온 운명을 우리는 이것들에게 빌려준다—.
그러나 누가 알겠나, 시드는 것을 그들이 아쉬워할 때
그 아쉬움은 우리들의 것이어야 한다는 것을.

모든 것은 떠 있고 싶어 한다. 그때 우리는 돌아다니며 누름돌처럼
모든 것 위에 몸을 누인다, 자신의 무게에 황홀해져서.
아, 우리는 사물들을 침식하는 엄청난 교사인 것이다,
그들이 영원한 어린이다움으로 가득 차 있기에.

누군가가 그들을 친밀한 잠으로 이끌어서
그 사물들과 함께 깊이 잠든다면—, 공동의 그 깊은 잠에서

다른 날 딴 모습으로, 아 개운하게 깨어나리라.

어쩌면 그는 잠을 깨지 않을지도 모른다. 그러면 꽃들은 피어나서 그를 찬양하리라,

이 마음이 바뀐 자를. 지금은 그들의 한동아리와 같고

목장의 바람에 흔들리는 그들의 조용한 자매들 모두와 같아진 자를.

아 샘의 입이여, 한없이 주는 자여

O Brunnen-Mund, du gebender, du Mund

아 샘의 입이여, 한없이 주는 자여, 지칠 줄 모르고
한 가지를, 순결한 것을 이야기하는 입이여—,
물이 흐르는 얼굴을 가리는 대리석 마스크여,
그 배후에는

물줄기의 요원한 발원지. 그것은 먼 곳으로부터
가지가지 묘지 옆을 지나고, 아페닌 산맥의 산허리에서
너에게 너의 말을 날라다준다. 그러면 그 말은
너의 거무스레한 나이 든 아래턱을 타고 흘러서

앞에 놓인 그릇에 떨어진다.
이것은 잠들어서 누워 있는 귀다.
네가 쉼 없이 거기 대고 소곤거리는 대리석 귀다.

대지의 귀다. 대지는 이렇게 자신하고만 이야기를 하고

있다.

그 사이에 물병을 끼워 넣으면

대지에게는 네가 말을 가로막는 것같이 보이는 것이다.

별과 별 사이는 참으로 멀다

Zwischen den Sternen

별과 별 사이는 참으로 멀다. 그러나

우리가 이 세상에서 배우게 되는 것은 아득히 더 멀다.

어떤 한 사람, 예를 들면 한 아이…… 그리고 바로 다음 사람, 그 다음 사람—,

아 헤아릴 수 없을 만큼 멀리 떨어져 있다.

운명, 그것은 아마도 존재하고 있는 것의 잣대로 우리를 재는 것 같다.

그래서 우리는 그것이 서름하게 보인다.

생각해보라, 소녀와 애인의 사이만 하더라도 거리가 얼마나 되는지를,

그녀가 그를 피하면서도 사랑하고 있을 때.

모든 것은 멀리 떨어져 있다. 그리고 동그라미가 닫히는 곳은 어디에도 없다.

보라, 근사하게 차려진 식탁 주발에 담겨 있는
물고기들의 기이한 얼굴을.

물고기는 말을 하지 않는다고 생각되어왔다. 정말 그럴까.
그러나 결국은, 물고기의 말일지도 모르는 것을 그들이 없는 데서
우리가 말하고 있는 장소가 있는 것이 아닐까.

파괴하는 시간이 정말 있을까

Gibt es wirklich die Zeit

파괴하는 시간이 정말 있을까.
그것은 조용히 쉬고 있는 산 위에서 언제 성채를 부술까.
영원히 신神들의 것인 이 마음을
조물주가 언제 억압할까. 폭력을 휘두를까.

운명이 우리에게 증명하고 싶어 하는 것처럼
우리는 정말 그만큼 소심하게 여리고 약할까.
저 깊은, 약속에 가득 찬 어린 시절이
뿌리 속에서—언젠가는—침묵해버릴까.

아, 무상의 망령,
그것이 순진하게 받아들이는 사람 속을
연기처럼 지나간다.

우리는 있는 그대로의 떠돌아다니는 자이지만

그러나 영속하는 모든 힘 옆에서
신神이 필요로 하는 가치를 지니고 있다.

아득히 먼 곳에 있는 말이 없는 친구여

Stiller Freund der vielen Fernen

아득히 먼 곳에 있는 말이 없는 친구여,
너의 호흡이 공간을 더 늘리는 것을 느껴라.
어두운 종루의 목조 구조물 속에서
너를 울리게 하라. 너를 먹어치우는 그것이

그 양분으로 하여 헌걸찬 것이 된다.
변신의 문을 들락날락하라.
너의 가장 힘든 체험은 무엇인가.
마시기에 쓰디쓰면 포도주가 되라.

엄청난 이 밤의 어둠 속에서
너의 다섯 감각이 교차하는 네거리 가의 마법의 힘이 되고,
그들의 기묘한 만남이 갖는 의미가 되라.

그리고 이 세상의 것이 너를 잊으면

고요한 대지를 향하여 말하라, 나는 흘러간다, 고.
빨리 흐르는 물에게 말하라, 나는 있다, 고.

후기의 시
(1922~1926)

Gedichte 1922-1926

죽자 살자 싸우고 있는

Wir, in den ringenden Nächten

죽자 살자 싸우고 있는 밤에 싸인 우리들,
우리는 가까이에서 가까이로 떨어져간다.
사랑하는 여인이 이슬에 젖을 때
우리는 추락하는 하나의 돌이다.

너 자신이 던진 것을

Solang du Selbstgeworfnes fängst, ist alles

너 자신이 던진 것을 네가 잡고 있는 동안은
모든 것은 교묘하며, 허용되는 획득물이다—.
영원한 여자 놀이 친구 하나가
정확하고 잘 조절된 곡선으로
신神의 위대한 가교에 있는 궁형으로
너의 중심을 향해 던진 공을
창졸간에 네가 받아내면
그때 비로소 잡을 수 있다는 것이 하나의 능력이 된다—,
너의 것이 아니라 한 세계의.
그리고 네가 그 공을 되던질 힘과 용기를 가질 때,
아니, 더 이상한 것은 용기니 힘이니 하는 것을 잊어버린 채
이미 되던지고 있을 때……
(사계절이 새들을 던지듯이,
지나간 여름이 새 여름을 향하여
바다 저쪽으로 철새의 무리를 내던지듯이—)

비로소 너는 이 모험으로 하여 걸맞은 놀이 친구가 된다.
던지는 것이 이제 너에게는 더 쉬워지지도 않고
더 어려워지지도 않는다. 너의 두 손에서
별똥별이 나타나서 그 공간으로 돌진한다…….

빈센트 반 고흐, 〈사이프러스 나무가 있는 길〉(1890)

강렬한 별이여, 다른 별들에게

Starker Stern

강렬한 별이여, 다른 별들에게 밤이 주는 도움을
필요로 하지 않는 별이여.
별이 반짝이려면 먼저 밤이 어두워져야 하는데
이미 완성된 그 별은 그때 사라지는 것이다.

서서히 열린 밤을 헤치며
별들이 운행을 시작할 때
사랑의 수녀들의 커다란 별이여.
스스로의 감정에 부추겨서

마지막까지 환하게 반짝이며 꺼지지 않고
해가 넘어간 그쪽으로 지는 별이여.
그 순수한 몰락으로
오만 가지 상승을 앞지르면서.

눈물 항아리

Tränenkrüglein

다른 항아리라면 외벽으로 둘러싸인 빈 배 속에
술을 담거나 기름을 담는다.
그러나 더 작고, 가장 날씬한 나는
다른 수요를 위하여, 떨어지는 눈물을 위하여 속을 비운다.

술이라면 항아리 속에서 훈감해지고, 기름이라면 맑아지지만
눈물은 어떻게 될까. — 눈물은 나를 어렵게 하고,
나를 눈멀게 하고, 우묵한 곳을 변색시켰다.
눈물은 나를 무르게 하고, 마지막으로 나를 텅 비게 하였다.

참으로 알뜰하다, 포도는*

Wie er spart, der Wein

참으로 알뜰하다, 포도는. 꽃도 활짝 피우지 않는다.
미래의 향기를 은은히 풍기고 있을 뿐이다.
마치 고생한 토지가
미신을 사려 약속을 하지 않는 것과 같다.

예술가가 작업을 하기 전에
무엇을 만들어낼 것인지 약속하지 않듯이.
더없이 행복한 비탈진 땅이
순수한 햇볕 속으로 비스듬이 느릿느릿 몸을 내밀고 있다.

* '발리스의 스케치 일곱 편' 중 세 번째 시

니케를 위하여

Für Nike

1923년 크리스마스

시냇물의 갖가지 소리를,
동굴의 물방울 방울들을
가냘픈 두 팔로
떨면서 나는 신神에게 돌려준다.

그리고 우리는 동아리를 칭찬한다.

바람이 방향을 바꾸면
그것은 언제나 나를 향한 손짓이고 놀라움이었다.
모든 깊은 발견이
나를 다시 어린아이로 만들었다—.

그리고 나는 느꼈다, 나는 알고 있다고.

아, 나는 알고 있다, 나는 이해하고 있다,

이런저런 이름을 가진 본질과 변화를.
성숙의 내부에는
자연 그대로의 씨가 쉬고 있다,

한없이 늘어나면서.

신성한 것과 하나가 되고자
그것을 불러낼 말소리가 커진다.
그러나 말은 사라지지 않고
그것이 받아들여져서 뜨겁게 타오른다,

노래하면서 무사히.

오늘 아침같이 잠을 깬 사람이

Wann war ein Mensch je so wach

오늘 아침같이 잠을 깬 사람이
언제 있은 적이 있을까.
꽃과 시냇물뿐만 아니라
지붕까지도 기뻐하고 있다.

낡아가는 그 처맛기슭도
하늘의 빛을 받아 밝아지고
다감해졌다. 그것은
농경지요, 답변이요, 세계이다.

모든 것이 숨을 쉬고 고마워한다.
아 밤의 갖가지 고난이여,
너희들은 흔적도 없이 사라졌구나.

밤의 어둠은

빛의 무리로 되어 있었다.

순수한 자기모순인 그 어둠이.

열매

Die Frucht

그것은 땅속에서 열매를 향해 오르고 또 올라갔다.

그리고 고요한 줄기 속에서는 침묵하고,

밝은 꽃 속에서는 타오르는 화염이 되었다.

그러고는 다시금 침묵했다.

여름 동안에 밤낮없이 노력한 나무 안에서

열매를 맺고, 자신을

관심이 많은 공간을 향하여

밀치고 나가는 미래로 알고 있었다.

그러나 지금 무르익는 타원형 열매 속에서

그 풍만해진 평온을 과시하고 있지만

그것은 자신을 포기하며 껍질의 안쪽에서 자신의 중심으로

황급히 돌아가고 있는 것이다.

전주곡

Prélude

왜 갑자기 보이는 것일까,
느릅나무 그늘에 둘러싸인 공원의 분수가.
낡은 테두리 안에 가득히 찬 물은
가지가지 초상화의 배경을 흉내 내고 있었다.

내가 그곳에 끌린 것은 어쩌면 그 배경 앞에
더없이 사랑스러운 갸름한 얼굴이 나타날 것 같아서가
아니었을까.
물에 비친 나뭇잎 그림자에 내가 잃어버린 것은
캐시미어 숄에 대한 기대였을까.

다시는 청춘에 속지 않을 지금에 와서 누가 그것을 알랴.
허공을 짚은 많은 손을
깨끗한 물이 아름답게 정화하고
물은 지금도 번쩍거리며 꿈을 더 키워주고 있다.

아니, 나는 너를 잊지 않는다

Nein, ich vergesse dich nicht

아니, 나는 너를 잊지 않는다,
　　내가 무엇이 되든.
사랑스러운 이른 아침의 빛이여,
　　대지의 첫아들이여.

네가 약속한 것은 모두
　　대지가 지켜주었다,
네가 내 심장을
　　살그머니 찢은 그때부터.

내가 알아보았던
　　가장 덧없는 최초의 사람이여,
힘을 알았기에 나는 찬양하는 것이다,
　　상냥한 것을.

내가 과실을 그린 것은

Daß ich die Früchte beschrieb

내가 과실을 그린 것은
아마도 네가 딸기 밭에
몸을 구부린 적이 있기 때문이다.
그리고 나의 내부에서 꽃이 시들지 않는 것은
아마도 기쁨에 겨워
네가 꽃을 꺾은 적이 있기 때문이다.

나는 알고 있다, 네가 어떻게 달렸는가를.
그러다가 갑자기, 숨을 헐떡이며
너는 돌아서서 나를 기다리고 있었다.
네가 잠자고 있을 때 나는 네 곁에 앉아 있었다.
너의 왼손이
한 송이의 장미처럼 놓여 있었다.

이른 봄

Vorfrühling

혹독한 추위도 가버렸다. 잿빛을 띤 목장에
어느새 푸근한 기색이 감돌고 있다.
개울물 소리의 가락이 달라진다.
갖가지 상냥한 것이 조금은 엉성하지만

하늘에서 대지로 손을 뻗친다.
길들이 멀리 시골로 뻗어서 그것을 보여주고 있다.
뜻밖에도 너는 앙상한 나무에서
위로 뻗으려는 그 표정을 본다.

에드바르트 뭉크, 〈눈맞춤〉(1893)

무상無常

Vergänglichkeit

바람에 날리는 시간의 모래여. 행복스럽게 축복을 받은 건물도

조용히 끊임없이 사라져간다.

사시사철 바람에 흩날리는 인생이여. 어느덧 뿔뿔이 흩어진 채 솟아 있는,

이제는 받쳐줄 지붕도 없는 두리기둥이여.

그러나 몰락. 그것은 더 서러운 것일까,

희미한 빛을 뿌리며 수면에 떨어지는 분수의 낙하보다도—.

우리는 무상한 변화의 치아 사이에 끼어 있기로 한다,

조용히 지켜보고 있는 그 지혜 속에 우리가 완전히 흡수되도록.

뿌리 속에서 어둡게 되살아나는

Schon kehrt der Saft aus jener Allgemeinheit

뿌리 속에서 어둡게 되살아나는 저 보편적인 것으로부터
벌써 빛을 향하여 되돌아간 수액은
나무껍질 밑에 숨어서 아직도 바람을 피하고 있는
청정한 초록을 보살피고 있다.

새로이 생겨날 기쁨을 숨기며
자연의 내면이 활기를 띤다.
그리고 아직은 눈에 띄지 않지만 만 일 년의 청춘이
추위로 곱은 덤불 속에 떠오른다.

늙은 호두나무의 찬양할 만한 모습은
바깥쪽이 잿빛으로 차갑지만 미래로 그득하다.
그러나 작은 새들이 무엇인가 예감하며 지절대고 있는
젊은 덤불은 조심스럽게 떨고 있다.

샘물, 그것이 위로 솟아오른다

Quellen, sie münden herauf

샘물, 그것이 위로 솟아오른다,
무언가 아주 바쁜 듯이.
땅속에서 무엇이 솟아나고 있을까,
밝고 경건하게.

거기서는 보석 속의
광채를 준비하고
목장 언저리에서는
순박하게 우리와 동행한다.

우리는 이런 거동에
어떻게 응답해야 하는가.
아, 우리는 어떻게 받아들여야 하나,
물과 흙을.

봄

Frühling

카타리나 키펜베르크를 위하여

우리가 봄을 잘 알고 있다고 생각하는 것은
어슴푸레한 새 빛이 비쳐와서가 아니다.
오히려 정원의 말끔한 오솔길에서 노닐고 있는
사랑스러운 그림자 때문이다.

그림자는 정원을 우리들 것으로 하여준다.
방금 시작된 변화 속에서
우리들이 벌써 이전에 더 변화한 자신을 발견할 때
나뭇잎의 그림자가 우리들의 놀라움을 갈앉혀준다.

시냇물이 흙을 취하게 한다

Wasser berauschen das Land

시냇물이 흙을 취하게 한다.
숨도 쉬지 않고 들이마신 봄은
눈이 멀어 몸을 가누지 못하고 풀밭에 드러눕는다.
그리고 거나하게 취한 그의 숨을
꽃의 입으로 쉬고 있다.

온종일 꾀꼬리들이 노래하고 있다,
그들이 느끼는 황홀감과
냉정한 별보다 나은
그들의 우월감을.

너무나 오래 억눌려 있던 행복이

Schon bricht das Glück, verhalten viel zu lang

너무나 오래 억눌려 있던 행복이
어느새 더 높이 터져나와 목장에 가득하다.
기지개를 켠 거인인 여름은 벌써
늙은 호두나무 안에서 청춘의 충동을 느끼고 있다.

가벼운 꽃은 이내 흩어져버렸고, 더 근엄한 초록이 나무들 사이로 들어가서 움직이고 있다.
그러나 전에는 나무들 주위에 공간이 홍예를 이루고 있었다.
그리고 오늘에서 오늘로 얼마나 많은 내일이 있어왔던가.

더 추운 산악에서 내려온

Heitres Geschenk von den kältern Bergen

더 추운 산악에서 내려온
화사한 선물이
유월 속에 뛰어들려고 한다.
되살아난 물이 개울이나 저수지에서
반짝거리며 북적대고 있다.

곳곳마다 먼지를 뒤집어쓴
수풀 밑에
싱싱한 물이 흐르고 있다.
물은 지극히 행복한 듯 말하고 있다,
흐르는 것은 노래하는 것이라고.

세계는 사랑하는 사람의 얼굴 안에

Welt war in dem Antlitz der Geliebten

세계는 사랑하는 사람의 얼굴 안에 있었다.
그러나 갑자기 쏟아져 나와
세계는 지금 밖에 있다. 세계는 붙잡을 수가 없다.

나는 왜 들이마시지 않았던가, 그것을 들어 올렸을 때.
사랑하는 사람의 넘치는 얼굴에서 세계를,
냄새를 풍기며 입 가까이에 있던 세계를.

아, 나는 들이마셨다. 끝없이 들이마셨다.
그러나 나에게도 세계가 너무 많아서
들이마시면서도 나 자신이 넘쳤던 것이다.

앙리 마티스, 〈춤 II〉(1909~1910)

손바닥

Handinneres

손바닥은, 이제 감정 위로만 걷는 발바닥이다.
손바닥은 위로 열려서
그 자신이 거닐고 있는
하늘의 도로를
비추고 있다.
물을 떠낼 때
물 위로 걷는 것을 익혔고.
우물 위를 지나가는
모든 길의 변신이 된다.
다른 손 안에 나타나서는
그 손들을
풍경으로 만들고,
떠돌다가 간신히 다다라서
그 손들을 도착으로 가득 채운다.

중력

Schwerkraft

중심, 모든 것에서 자신을 끌어당기고
날아다니는 것에서도 자신을 되찾는 것이여,
중심, 가장 강력한 것이여.

서 있는 사람, 음료수가 갈증 속을 떨어져가듯
중력이 그의 속을 거꾸로 떨어져간다.

그러나 잠자고 있는 사람에게서는
길게 뻗어 있는 구름에서처럼
중력의 비가 넉넉히 내린다.

아 대지여, 눈물 항아리를 만들

Gib mir, oh Erde, den reinen

아 대지여, 눈물 항아리를 만들 깨끗한 점토를
나에게 다오.
나의 존재여, 너의 내부에 막혀 있던
눈물을 쏟아내라.

억제되어 있던 것을 풀어서
정돈된 그릇 속에 담아라.
어디에도 없다는 것만이 좋지 않은 것,
있다는 것은 모두가 좋다.

연작시 〈경상鏡像*〉 세 편

Drei Gedichte aus dem Umkreis : Spiegelungen

I

아 수줍어하는 경상의 아름다운 광채여.
어디서도 오래가지 않기에 이렇게 번쩍이고 있구나.
그것은 여인들의 자신에 대한 갈망을 가라앉힌다.
그녀들에게는 세계가 거울로 둘러싸여 있는 것이다.

우리들의 본질에서 몰래 흘러나오는 것 속으로 떨어지듯이
우리는 거울의 광채 속으로 떨어진다. 그러나 그녀들은
자신의 본질을 거기서 발견하고, 그것을 독해하고 있다.
그녀들은 이중으로 존재하지 않으면 안 된다. 그때 그녀들은 완전하다.

* 평면거울에 반사된 물체의 상.

아, 다가오라 연인이여, 맑은 거울 앞으로.
그러면 네가 존재하는 것이다. 너와 너 사이에 긴장감이 되살아나고
그 속의 형언할 수 없는 것을 재는
자가 새로 생긴다.

너의 경상만큼 네가 늘어나서 너는 참으로 풍요해진다.
너에 대한 너의 긍정이 너의 머리카락, 너의 뺨을 긍정하는 것이다.
이렇게 자기 자신을 넘칠 만큼 받아들여서
너의 눈은 빙빙 돌고, 비교해보면서 어두워진다.

II
되풀이하여 거울 속에서 꺼내어
너는 너에게 새로이 너를 덧붙인다.
꽃병 안에서 하듯이 너는 네 안에서
너의 초상들을 매만져서 그것을 너라고 부른다,

다양한 너의 경상이 활짝 핀 이것을.
너는 잠시 동안 그것에 조금은 마음을 쓰지만
그 행복에 압도되어, 도리어
그것을 다시 너의 몸으로 불러들인다.

III

아, 그녀와 그녀의 경상에,
보호하는 상자 속 보석처럼, 부드러운 것 속에 놓인
그녀의 내부에 존속하고 있는 그녀의 경상에
사랑하는 남자가 기대고 있다,

그녀와 그녀 내부의 장신구를 번갈아 느끼면서……
내부에 자신의 모습을 가두어두고 있지 않은 그,
그의 깊은 내부에서
의식된 세계와 고독이 넘쳐흐르고 있다.

아 눈물짓는 사람이여

O Lacrimosa

(에른스트 크르셰네크의 미래의 음악을 위한 삼부작)

I

고통의 풍경 위에 무겁게 드리운 억눌린 하늘이여,
아 눈물이 가득한 사람이여.
그녀가 울 때 마음의 모래층을 스치며
노곳한 소나기가 비스듬히 내린다.

아 눈물 어린 사람이여. 모든 눈물을 올린 저울이여.
개어 있어서 자신을 하늘로 여기지 않았지만
모여 있는 구름을 위하여 하늘이어야 하는 사람이여.

단호한 하늘 단색 아래 너의 고통의 풍토가
어쩌면 이렇게 또렷하고 가깝게 보이는가.
수직의 세계와 마주하고서 수평으로 생각을 하는
누운 채 서서히 잠깨는 얼굴처럼.

II

허공은 바로 하나의 숨결이다.
그리고 아름다운 나무들이 초록으로 무성한 것,
그것도 하나의 숨결이다.
아직도 입김을 쏘이는 우리는
오늘도 입김을 쐬고 있다.
대지의 이 느릿한 호흡을 세고 있는 우리는
서두르고 있는 그의 발길이다.

III

그러나 겨울! 아 대지의 이 은밀한 명상이여.
그곳에서는 망자들의 주위에서
수액의 순수한 복귀 속에
대담성이 쌓인다,
다가올 봄의 대담성이.
그곳에서는 경직된 것 밑에서
새로운 생각이 떠오른다.

위대한 여름이 오래 입어 헤진 초록이
다시 새로운 착상이 되고
예감을 비추는 거울이 된다.
그곳에서는 꽃의 색채가
우리들의 눈이 거기 머무르고 있었던 것을 잊고 있다.

오라, 마지막 고통이여*

Komm du, du letzter, den ich anerkenne

오라, 마지막 고통이여, 나는 너를 받아들인다,
육체 조직 속의 엄청난 고통이여.
정신 속에서 불탔듯이, 보라. 나는 지금
네 속에서 불타고 있다. 장작은
네가 불타오르는 불꽃에 동의하기를 오랫동안 거부하였다.
그러나 나는 지금 너를 부양하고, 네 속에서 불타고 있다.
이 세상에서 나의 관용은 너의 분노 속에서
이승의 것이 아닌 저승의 노여움이 되어 있다.
더없이 순수하고, 아무런 계획도 없고, 미래에서 해방되어
나는 고뇌의 뒤엉킨 장작더미 위로 올라갔다.
말 없는 저장품을 간직하고 있는 이 마음의 대상으로
이렇게 확실히 미래를 구매하는 것은 어디서도 할 수 없다.
눈에 띄지 않게 불타고 있는 이것이 역시 나 자신일까.

* 발몽에서, 1926년 12월 중순경 마지막 수첩에 기입된 마지막 시.

추억을 나는 가지고 가지 않는다.
아 삶. 밖에 있는 것이 삶이다.
나는 활활 타는 불꽃 속에 있다. 아무도 나를 모른다.

[포기. 이것은 옛날 어린 시절의 질병과는 다른 것이다. 어린 시절의 질병은 유예기간이며, 성장하기 위한 구실이었다. 모든 것이 소리를 지르고, 속삭이고 있었다. 어릴 때 너를 놀라게 한 것을 지금의 병에 혼합해서는 안 된다.]

조지 램딘, 〈벽에 있는 장미〉(1877)

장미여, 아 순수한 모순이여*

Rose, oh reiner Widerspruch, Lust

장미여, 아 순수한 모순이여,

이렇게도 많은 눈꺼풀에 싸여서 누구의 잠도 아니라는

기쁨이여.

* 릴케의 묘비명에 쓰인 시.

해설

라이너 마리아 릴케의 시 세계

《새 시집》

1902년 8월 말, 당시 위대한 조각가 로댕에 관한 글을 쓰려고 파리에 간 릴케는 9월 1일 로댕을 처음 방문하며 본격적인 파리 생활을 시작한다. 릴케는 파리 생활을 하는 동안 로댕과 프랑스 상징파 시인들에게서 커다란 영향을 받는데, 이것은 그의 문학에 중대한 전환점이 되었다.

《새 시집》(1907~1908)은 소설 《말테의 수기手記》(1910)와 함께 릴케의 '파리 시대'라 불리는 릴케 중기의 대표작이다. 《새 시집》에 수록한 시를 소재별로 분류해보면 건축물이나 조각작품을 대상으로 한 것, 여러 가지 그림에서 암시받은 것, 그리스신화나 성경에 나오는 전설적 인물을 다룬 것, 일상 체험이나 넓은 의미의 사물을 노래한 것 등으로 나눌 수 있다.

그러나 소재와 상관없이 작품 하나하나의 전체적 특색은,

시간과 공간을 초월한 어떤 절대적 공간에서, 언어를 재료로 빚는 시를 손으로 만질 수 있는 '사물'처럼 만들려는 시도를 하고 있다는 것이다. 흔히 일컬어지는 '사물 시事物詩'다.

《새 시집》에 수록된 작품은 모두 1903년에서 1908년 사이에 릴케의 파리 시대에 만들어진 기념비적 산물이다. 이 시집을 쓰던 무렵을 회고하며 릴케는 만년의 편지에서 이렇게 말하고 있다. "나는 아무것도, 그리고 누구도 기다리고 있지 않았습니다. 온 세계는 과제가 되어 언제나 나에게 흘러오고, 나는 순수한 작품으로 명확하게 그것에 대답했습니다. 파리 시절은 내게 가장 행복한 시간이었습니다."

《새 시집》 이후의 시

《새 시집》 이후, 1922년 2월 《두이노의 비가》와 《오르페우스에게 보내는 소네트》를 완성하기까지 약 13년 동안, 릴케는 두 권의 얄팍한 시집밖에 낸 것이 없다. 비교적 긴 두 편의 시를 수록한 《레퀴엠》(1909)과 15편 연작시로 이루어진 《마리아의 생애》(1913)가 그것이다.

릴케의 시작詩作 행보로 미루어볼 때, 이 기간에 상당한 양의 시를 썼을 것으로 생각되지만, 1923년도 《인젤 연감》에

연작시 〈C. W. 백작의 유고에서〉 일부를 발표한 것 외에 릴케 생전에 알려진 것은 거의 없었다. 그러다 릴케가 사망한 지 30년이 지난 1956년 새로 나온 《릴케 전집》 제2권에 이 기간의 작품이 완벽한 형태로 나타난다.

120편이 넘는 이 작품에서 릴케가 《새 시집》 이후 새로운 길을 모색하고 있었다는 것을 알 수 있다. 특히 1912년에서 1922년까지 시는 시기상 《두이노의 비가》와 병행해 쓴 것인데, 인간이나 사물의 무상함을 절실히 느끼며 인간존재의 의미를 묻고 있어, 내용적으로도 《두이노의 비가》의 전주곡 같은 점이 있고, 《두이노의 비가》의 포에지를 이해하는 데에도 큰 도움이 된다.

《두이노의 비가》와 《오르페우스에게 보내는 소네트》

릴케의 수많은 작품이 형성하는 산줄기에 우뚝 솟은 두 개의 봉우리가 《두이노의 비가》와 《오르페우스에게 보내는 소네트》이다. 이 두 시집은 거의 동시에 완성되었는데, 1922년 2월 2일에서 5일 사이에 《오르페우스에게 보내는 소네트》 제1부 26편이 한꺼번에 쏟아져 나왔고, 열흘 후인 15일에서 23일 사이에 제2부 29편이 샘물처럼 흘러나왔다.

그런데 《오르페우스에게 보내는 소네트》 제1부를 쓴 다음 제2부를 시작하기 전인 2월 7일에서 2월 11일 사이에, 《두이노의 비가》 10편을 10년 만에 완성하게 되었다. 1912년 1월, 이탈리아 두이노에서 쓰기 시작했으나 미완성으로 남은 후반부 6편을 순식간에 마친 것이다. 그때의 감회를 릴케는 정신적·경제적 후원자였던 탁시스 후작 부인에게 보낸 편지에서 다음과 같이 말하고 있다.

"지금은 11일 토요일, 오후 6시경입니다. 마지막 〈비가〉가 방금 완성되었습니다. 며칠 사이에 모두 완성된 것입니다. 무어라 말할 수 없는 폭풍이었습니다. 두이노에서 체험한 것과 동일한 정신 내부의 태풍이었습니다. 나의 내부에 있는 섬유와 조직이 모두 갈가리 찢기고 말았습니다. 무엇을 먹고 살았는지 알 수 없습니다. 식사 같은 것은 전혀 생각하지도 않았습니다. 그러나 이제 완성된 것입니다. 아멘."

《두이노의 비가》는 릴케의 이전 작품이 혼연한 종합을 이루고 있으며 동시에 삶과 죽음을 긍정하는 찬가다. 이 시는 1차 세계대전을 포함한 약 10년간 릴케가 체험한 고뇌와 성장이 결정된 것이며 인간으로서 릴케가 도달할 수 있는 최고 경지를 보여주고 있다.

10편의 《두이노의 비가》는, 참다운 결실을 위해 끊임없이 변신變身해 죽음 속까지 정화되는 사람만이 참으로 인생을 영위하는 것이라 하고, 인생에서 진실한 것이라 믿어지는 사랑이 실은 고독하고 괴로운 것이며 서로가 일체될 수 없는 개별적인 것이라 노래한다.

그리고 한편으로는 인간존재의 불안을 노래하며 동시에 지상 사물을 '눈에 보이지 않는 것'으로 변형해 내면화內面化하는 것이 인간 사명이라 주장하는데, 이런 사명을 자각하고 존재 세계를 찬양하는 것이 《오르페우스에게 보내는 소네트》이다.

오르페우스는 알다시피 그리스신화에 나오는 인물이다. 온갖 짐승과 산천초목까지 매료하는 노래와 음악의 명수인데, 뱀에 물려 죽은 아내를 데려오려고 저승까지 찾아가기도 했다. 이 시집에서는 이런 오르페우스를 지상의 사물을 노래하며 실존 위기와 심연을 뛰어넘어 변신해나가는 이상적 인간상으로 그려냈다.

여기서도 릴케의 자세는 종전과 다름없다. 달라진 것이 있다면, 대상의 외형을 묘사하려 하지 않고 본질 표현에 중점을 두고 있다는 점이다. 색채와 형체의 아름다움이 아닌, 눈에 보이지 않는 것을 귀로 들으려 하는 것이다. 그 밝고 경쾌한 리듬이 릴케가 벌써 《두이노의 비가》의 경지를 벗어나고 있다는 것을 말해준다.

후기의 시

릴케는 생각보다 많은 시를 남겼고, 그중에는 생전에 그의 시집에 수록되지 못한 작품도 상당히 많다. 이렇게 묻힌 작품을 샅샅이 찾아내 수록한 것이 앞서 말한 1956년 새로 나온 《릴케 전집》 제2권인데, 그중 1922~1926년 작품에서 일부를 번역해 '후기의 시'라는 타이틀 아래 묶어보았다.

그러니까 후기의 시는 《두이노의 비가》와 《오르페우스에게 보내는 소네트》 이후부터 그가 세상을 떠날 때까지 기간에 해당되는 시로서 장대한 넓이나 깊고 무거운 세계가 아닌, 그동안 그가 도달한 목가적이고 전원적인 밝고 순수한 새로운 경지를 잘 보여준다. 《두이노의 비가》라는 무거운 짐에서 벗어난 해방감과 홀가분함을 더없이 맑게 노래하는 것이다.

2015년 1월 10일

송 영 택

옮긴이 **송영택**

서울대학교 문리과대학 독문과를 졸업하고 서울대학교 강사로 재직했으며, 시인으로 활동하면서 한국문인협회 사무국장과 이사를 역임했다. 저서로는 시집 《너와 나의 목숨을 위하여》가 있고, 번역서로는 괴테 《젊은 베르테르의 슬픔》, 《괴테 시집》, 릴케 《말테의 수기》, 《어느 시인의 고백》, 《릴케 시집》, 《릴케 후기 시집》, 헤세 《데미안》, 《수레바퀴 아래서》, 《헤르만 헤세 시집》, 힐티 《잠 못 이루는 밤을 위하여》, 레마르크 《개선문》 등이 있다.

릴케 후기 시집

1판 1쇄 발행 2015년 4월 20일
1판 4쇄 발행 2026년 1월 30일

지은이 R. M. 릴케 | 옮긴이 송영택
펴낸곳 (주)문예출판사 | 펴낸이 전준배
출판등록 2004. 02. 11. 제 2013-000357호 (1966. 12. 2. 제 1-134호)
주소 04001 서울시 마포구 월드컵북로 21
전화 02-393-5681 | 팩스 02-393-5685
홈페이지 www.moonye.com | 블로그 blog.naver.com/imoonye
페이스북 www.facebook.com/moonyepublishing | 이메일 info@moonye.com

ISBN 978-89-310-0945-3 03850

◦ 잘못 만든 책은 구입하신 서점에서 바꿔드립니다.

문예출판사® 상표등록 제 40-0833187호, 제 41-0200044호